KB143828

과학 x 추리 LIVE

수상한
유튜브
과학 탐정

●REC

과학 × 추리 LIVE

수상한 유튜버 과학 탐정

윤자영 지음 × 이경석 그림

팀

차례

1장

효자 정재수 동상 사건

"하이, 헬로, 안녕? 사이언 키즈 여러분! 과학 탐정 삼총사 TV에 오신 것을 환영합니다!"

화면 안으로 셜록 홈스 모자를 쓴 민경호와 미치광이 과학자의 흰 가운을 입은 정창훈이 나란히 앉아 있는 모습이 보였다. 전영상은 둘 앞에 설치된 카메라를 조작하고 있었다.

"여러분 많이 기다리셨습니다. 저는 과학 탐정 민경호, 경록 홈스입니다."

"저는 과학 박사 정창훈, 훈슈타인이에요. 친구들, 많이 보고 싶었어요!"

영상은 카메라 화면을 보며 둘에게 손가락으로 오케이 사인을 보냈다. 경호는 고개를 살짝 끄덕이고는 카메라 쪽을 가리키며 말했다.

"우리 삼총사의 또 다른 한 명은 복싱왕 록키전입니다. 영상을 담당하고 있죠."

이름이 영상이라는 이유로 졸지에 영상을 담당하게 된 전영상은 화면에 나오지도 않는데 허공에 섀도복싱을 해 보였다.

　과학 탐정 삼총사 민경호, 정창훈, 전영상이 수상한 졸업 여행을 다녀온 지 넉 달이 흘렀다. 경호는 예슬과 같이 과학 고등학교에 진학하려고 몹시 늦은 공부를 시작했지만, 1차 서류 전형에서 시원하게 불합격했다. 8월에 입학 원서를 내고 9월에 불합격 통보를 받았으니, 예슬과 함께 등교하는 꿈은 한 달 만에 끝나고 말았다. 결국 경호는 창훈과 같은 일반 고등학교로 진학하기로 했고, 영상은 복싱 운동을 다시 하기 위해 체육 고등학교로 진학할 예정이었다. 고등학생이 되면 아무래도 삼총사가 해체 수순을 밟을 것 같다는 두려움에, 셋은 뭔가 함께할 프로젝트를 찾았다. 삼총사가 가장 잘하는 것, 바로 과학 추리! 졸업 여행에서 그들의 활약상은 전국에 보도될 정도로 크게 알려졌기 때문에, 셋은 야심차게 과학 탐정 유튜버의 길로 들어섰다. 하지만 현재 구독자 수는…….

　창훈이 경호를 보며 엄숙하게 말했다.

　"경록 홈스, 오늘은 어떤 추리를 소개해 주실 겁니까?"

　"오늘은 그러니까…….”

　경호는 말을 하다 말고 화면 밖으로 나갔다가, 투명 유리컵 두 개와 콜라, 얼음통을 가지고 불쑥 돌아왔다.

　"훈슈타인, 오늘은 제가 음료수를 대접하겠습니다."

경호는 집게를 쥐고 얼음을 한 개씩 컵에 옮겨 담기 시작했다.

"오늘 용돈 받았어? 웬일?"

"하하하, 그렇다 치죠."

경호는 갑자기 역할극을 벗어난 창훈의 옆구리를 찌르고, 콜라를 따서 얼음이 담겨 있는 컵에 천천히 따랐다. 얼음에 검정색 콜라가 닿자 하얀색 거품이 일어났다. 경호는 창훈에게 컵을 건넨 후 자신의 컵을 들었다.

"훈슈타인, 건배하시죠."

창훈도 컵을 들어 경호 컵에 살짝 부딪쳤다.

"그럼 감사히 마시겠습니다."

창훈은 한 모금만 마시고 내려놓았고, 경호는 인상을 쓰면서도 한 번에 마셔 버렸다.

"캬, 시원하다."

"경록 홈스, 목이 타셨나 보군요. 원샷을 하셨네요."

"그렇습니다. 오늘은 베스트셀러 추리 소설《믿을 놈 하나 없다더니》에 등장하는 트릭을 풀어 보려고 합니다. 그건 바로……."

끄어억. 콜라를 한 모금 더 마신 창훈이 트림을 했다.

"훈슈타인! 구독자들이 보고 있는데 트림이라니요."

"죄송합니다. 탄산 때문에……."

창훈은 말을 맺지 못하고 배를 움켜쥔 채 고개를 떨궜다.

"배가 너무 아파!"

경호가 놀란 표정으로 창훈의 어깨를 잡고 일으켰다. 창훈의 입가에 붉은색 액체가 묻어 있었다.

"으악, 피다! 맙소사, 훈슈타인!"

경호가 놀란 연기를 했지만, 누가 보더라도 그것은 토마토케첩이었다.

"홈스……. 다, 당신이 콜라에 독을 탔어!"

"훈슈타인, 그게 무슨 말이에요? 콜라는 내가 더 많이 마셨다고!"

창훈은 부르르 떨더니 카메라를 정면으로 보며 비장하게 읊조렸다.

"범인은 바로 당신……."

그러고는 머리를 테이블에 쿵 하고 박으며 쓰러졌다. 5초 뒤, 용수철처럼 튕겨 일어난 창훈이 말했다.

"여러분! 놀라셨죠? 실제 상황이 아닙니다. 경록 홈스와 제가 짜고 연기를 한 거예요."

경호가 창훈의 말을 받았다.

"트릭을 알려 드리기 위해서죠! 지금 훈슈타인과 저 경록 홈스는 같은 컵에, 같은 얼음을 넣고, 같은 병에서 나온 콜라를 따라, 같이 마셨습니다. 그런데 저는 멀쩡한데 왜 훈슈타인만 죽었을까요? 여러분, 댓글로 답해 보세요."

실시간 시청자 아홉 명 모두 조용했다. 창훈이 만담을 하듯 다시 경호의 말을 받았다.

"제가 아까 죽으면서, 아니 죽는 연기를 하면서 경록 홈스를 범인으로 지목했는데 여러분 생각은 어떤가요? 죽였다면 대체 어떻게 가능했던 걸까요? 경록 홈스, 우리 사이언 키즈를 위해 문제를 미해결로 남겨 둘까요?"

'사이언 키즈'는 과학 탐정 삼총사 TV의 구독자에게 삼총사가 붙인 별명이다. 거창한 이름을 붙였지만 전체 구독자는 아직 50명도 안 됐다. 졸업 여행을 통해 삼총사의 진면목을 알아본 친구들이 20여 명, 나머지는 아마도 제목에 낚인 초등학생들이 아닐까 싶었다. 그나마 실시간 시청자는 점점 줄어들어서 많아야 열 명 전후였다.

"훈슈타인 너무 잔인해요. 우리는 과학 탐정입니다. 문제가 있다면 풀어 주는 것이 인지상정!"

"오, 그렇다면 할 수 없지요. 문제를 풀어 봅시다. 경록 홈스, 어떻게 저를 죽일 수 있었죠?"

경호는 카메라를 향해 검지를 뻗었다.

"여러분! 제가 몇 번을 말합니까? 탐정은 관찰력이 뛰어나야 해요. 얼음도 같고, 콜라도 같고, 컵도 같았어요. 다른 점을 찾아야 합니다."

"경록 홈스, 너무 나무라지 말아요. 그래도 우리 방송을 봐 주시는 사이언 키즈잖아요. 어서 답을 알려 달라고요."

"저는 콜라를 원샷하고, 훈슈타인은 천천히 마셨어요. 그럼 뭐가 달라지죠, 훈슈타인?"

창훈이 각진 뿔테 안경을 벗어 옷자락에 슥슥 문질렀다.

"속도죠."

"뭐라고요?"

"속도, 즉 얼음이 녹는 속도입니다."

"하하하! 맞아요. 독은 얼음 속에 있었던 것입니다. 범인인 저는 얼음이 녹아 독이 나오기 전에 콜라만 빨리 마셔 버린 것이죠."

"맞습니다. 저는 콜라를 천천히 여러 번에 나누어 마시다 보니 얼음이 녹아 독을 마시게 된 것이고요."

경호와 창훈은 자리에서 일어나 어색하게 박수를 쳤다. 경호는 다시 카메라를 향해 검지를 뻗었다.

"여러분, 관찰하세요. 우수한 탐정은 늘 주변을 관찰해야 합니다."

창훈이 질세라 말을 받았다.

"과학적 지식도 중요합니다. 이번 사건을 풀자면 얼음의 상태 변화를 알아야 했던 것처럼요. 문제 해결을 위해서는 과학적 지식이 꼭 필요하다는 것을 명심하셔야 합니다."

댓글 창에 실시간 댓글이 올라왔다.

🙂 유치하지만 있을 법하긴 하네요.

🙂 과학 탐정 삼총사 파이팅! 3학년 6반 파이팅!

창훈이 댓글을 보고는 말했다.

"칭찬과 격려 감사합니다. 우리 과학 탐정 삼총사는 여러분의 사랑이 담긴 댓글이 필요합니다."

"지금 당장 '구독'과 '좋아요'를 눌러 주세요."

"그럼 경록 홈스, 아쉽지만 오늘의 방송을 여기서 마칠까요?"

"좋습니다."

경호와 창훈은 클로징 포즈로 국민체조의 옆구리 운동 자세를 취해 보였다.

"그럼, 구독자 여러분! 다음 시간에 만나요. 저는 과학 탐정 경록 홈스."

"저는 과학 박사 훈슈타인, 촬영에 록키전이었습니다."

둘은 카메라를 향해 손을 흔들었다. 카메라를 조작하던 영상이 녹화 정지 버튼을 누르며 말했다.

"오케이, 커트! 친구들아, 수고했다. 동영상은 내가 편집해서 업로드할게."

다음 날 삼총사는 기대하는 마음으로 컴퓨터 앞에 앉았다.

조회 수 400회 ·   👍 👎 ↗ ⊘ ☰₊ ···

경호는 고개를 떨구며 한숨을 쉬었다.

"어휴, 도대체 조회 수를 어떻게 해야 올릴 수 있는 거야?"

창훈이 마우스의 스크롤을 내리며 말했다.

"처음에는 다 그렇대. 더 열심히 노력해야겠지. 일단 영상에 달린 댓글들을 살펴보자."

댓글은 10여 개가 달려 있었다.

- 🧑 초딩의 눈에도 재미없어요.
- 🧑 오버 좀 하지 마세요.
- 🧑 삼총사야, 수고했다.

3학년 6반 친구들의 응원 댓글도 있었지만 대부분 악성 댓글이었다. 하지만 눈에 띄는 댓글도 있었다.

"경호야, 영상아, 이거 봐 봐."

- 🧑 우리 학교는 인천에 있는 A초등학교입니다. 개교한 지 100년 된 학교예요. 운동장에 효자 정재수◆ 동상과 이순신 동상이 있는데 그 중 정재수 동상이 밤 12시가 되면 입에서 피를 흘리면서 운동장을 돌아다닌다는 소문이 있어요. 과학적으로 설명할 수 있나요?

◆ 1974년 1월 22일 아버지와 함께 폭설이 내린 충북 보은군의 험한 고갯길을 오르다가 술에 취한 아버지가 쓰러져 얼어 죽을 지경이 되자 자기 옷을 벗어 주고 죽어 간 아홉 살 소년. 그의 이야기는 영화로 만들어졌고, 그가 살던 경상북도 상주시 화서면의 폐교된 모교에 기념관이 세워졌다.

경호가 화면에서 눈을 떼며 말했다.

"재미있는 댓글이군. 그런데 효자 정재수가 누구지? 나만 몰라?"

뒤에서 팔짱을 끼고 있던 영상이 말했다.

"옛날에 정재수 어린이가 아버지와 함께 폭설이 내린 길을 가고 있었는데 술에 취한 아버지가 그만 쓰러져서 얼어 죽게 생긴 거야. 정재수는 아버지를 살리려고 자신의 옷을 벗어 덮어 주고 같이 얼어 죽었다고 알려져 있어."

영상은 특유의 애늙은이 말투로 정재수를 소개했다. 창훈이 말을 받았다.

"근데 정재수는 차라리 빨리 사람들을 불러오지 왜 그랬을까?"

영상이 근엄한 표정을 지으며 창훈의 어깨에 손을 얹었다.

"다 사정이 있었겠지. 그리고 70년대는 아직 효와 충을 받드는 유교 사상이 지배했을 때라네."

창훈은 그래도 이해할 수 없는지 고개를 갸웃했다.

"그나저나 그게 중요한 게 아니잖아."

창훈은 영상의 말에 정신을 차린 듯 눈에 초점이 돌아왔다.

"아, 그렇지. 나는야 과학 박사! 귀신은 있을 수 없어."

이어서 창훈은 댓글창을 열고 댓글을 입력하기 시작했다.

👤 본다는 것은 물체에 반사된 빛이 우리 눈으로 들어오는…….

창훈은 댓글을 쓰다가 멈추고 말했다.

"얘들아, 좋은 생각이 떠올랐어. 우리가 A초등학교로 직접 가서 확인하자. 그걸 동영상으로 찍어서 유튜브에 올리는 거야. 그럼 조회 수나 구독자가 엄청나게 늘어날 거야."

"역시 과학 박사 훈슈타인이야. 아예 광고를 하고 댓글이 100개가 넘으면 출동한다고 하면 어떨까?"

창훈이 엄지를 치켜들었다. 간단하게 영상을 찍어 올리기로 하고, 경호는 셜록 홈스 모자를 쓰고 창훈은 가운을 입었다. 영상이 자신의 스마트폰으로 그 자리에서 촬영을 시작했다.

경호가 먼저 말문을 열었다.

"여러분, 우리의 사이언 키즈 한 분이 학교에서 밤마다 정재수 동상이 돌아다닌다는 제보를 해 왔습니다. 그리고 이걸 과학적으로 설명할 수 있냐는 질문을 했죠. 어때요? 훈슈타인? 그게 가능합니까?"

창훈은 안경을 한번 고쳐 썼다.

"당연히 무생물인 동상이 사람처럼 움직일 리는 없습니다. 질문자는 귀신이라고 말하고 싶은가 본데요. 본다는 것은 물체에 반사된 빛이 우리 눈의 망막으로 들어오는 걸 말합니다. 귀신은 말하자면 혼령이잖아요? 빛이 반사될 수 없으니 '보인다'는 것 자체가 거짓이죠."

"하지만! 실망하지 마세요. 우리가 누굽니까? 바로 과학 탐정 삼총 사죠. 우리가 직접 그 학교로 가서 눈으로 확인할 의향이 있습니다."

"하지만 경록 홈스, 그냥 갈 수는 없어요. 우리 동영상을 보는 사 람도 없는데 그런 수고를 할 필요가 있나요?"

"훈슈타인 말이 맞아요. 이러면 어떨까요? 이 동영상에 댓글이 100개가 넘으면 가는 거예요."

"그거 좋네요. 여러분, 댓글 100개가 넘는다면 경록 홈스와 훈슈 타인이 이번 주 토요일 밤 12시에 그 학교로 직접 가서 확인하는 방 송을 하겠습니다. 기대해 주세요!"

영상은 촬영을 마치고 바로 컴퓨터에 연결하여 업로드했다. 경 호가 만족스러운 듯 입가에 미소를 띠었다.

"기가 막히는 작전이야. 반드시 성사될 거라고."

하지만 영상의 입가는 축 처져 있었다.

"친구들, 미안하지만 난 다음 주 토요일에 지방 합숙 훈련이야."

영상은 체육 고등학교 진학을 준비하느라 복싱 체육관을 다니고 있었다. 경호는 덜컥 겁이 났다. 삼총사의 안전 요원 겸 보디가드가 없다니. 그럴 리는 없지만, 혹시라도 귀신을 만날지도 모른다고 생 각하니 손에서 땀이 나기 시작했다. 경호는 아까와 달리 조금 떨리 는 목소리로 말했다.

"그, 그래? 우린 삼총사니까 영상이가 없으면 안 되지. 그럼 그다음 주에 갈까?"

그때 컴퓨터 화면을 보던 창훈이 말했다.

"얘들아, 이거 봐. 우리 동영상에 벌써 댓글이 달리기 시작했어."

> 🙎 오! 이번에는 유치하지 않겠네요.
> 🙎 기대하겠습니다. 과학 탐정 삼총사!
> 🙎 귀신 잡는 영상 확실히 올려 주세요.

순식간에 20여 개의 댓글이 달렸다. 역시 자극적이어야 먹히는 듯했다. 이 정도 추세라면 100개는 금방 넘을 것이다.

"근데 12시에 오래된 초등학교라니……"

경호의 이마에서 땀이 삐질삐질 솟았다. 이것을 눈치챈 창훈이 말했다.

"어이, 경록 홈스, 혹시 귀신이 무서운 건 아니지?"

"귀신은 어…… 없다며?"

창훈은 경호를 놀려 주려고 더 진지한 표정으로 말했다.

"내가 언제 없다고 했냐? '본다'는 게 과학적으로 불가능하다고 했지. 이 세상에는 과학으로 설명할 수 없는 것이 많아. 안 그래, 영상아?"

창훈이 영상을 보며 살짝 윙크했다. 영상도 곧바로 알아듣고는 진지한 표정으로 목소리를 깔고 말했다.

"내가 복싱 훈련 때문에 합숙을 자주 하잖아. 한번은 새벽에 일어나 소변을 보는데 '퍽퍽' 샌드백 치는 소리가 나는 거야. 누가 새벽까지 열심히 운동하는지 궁금해서 훈련장으로 갔어. 걸어가는 동안에도 계속 소리가 들리더라고. 하지만 훈련장에 도착하니 아무도 없었어. 방금 누가 왔다 간 것처럼 샌드백만 미세하게 흔들거렸지. 흔들, 흔들, 흔들······."

영상은 경호의 눈을 바라보며 목소리를 점점 줄여 가면서 긴장을 극대화했다. 경호는 침도 못 삼키고 영상의 말에 빠져들어 있었다. 그때 창훈이 슬그머니 일어서 테이블 뒤편에 놓여 있던 커다란 말 가면을 뒤집어 썼다.

경호는 긴장한 듯 떨리는 목소리로 물었다.

"그, 그래서 어떻게 됐어?"

"아무도 없어서 나도 놀랐지. 그런데 뒤에 누가 서 있는 느낌이 드는 거야. 그런 거 있잖아. 목뒤에서 숨결이 느껴지는 거. 후, 후······."

말 가면을 쓴 창훈이 살금살금 다가가 경호 뒤에 섰다. 기척을 느낀 경호가 고개를 서서히 돌렸다. 그때에 맞춰 창훈이 괴성을 질렀다.

"왁!"

"으아아아악!"

경호가 더 큰 소리를 지르며 의자에서 바닥으로 떨어졌다. 창훈
과 영상은 박수를 치고 허리를 꺾으며 웃었다.

"경호, 너 진짜 귀신 무서워하는구나?"

"대박이다. 예슬이한테 말해야지"

경호는 예슬한테 말한다는 소리에 벌떡 일어나더니 비장한 표정
으로 말했다.

"그래! 가자, 가! 영상이는 훈련 때문에 빠지고, 창훈이 넌 우리
집에서 잔다고 해. 난 너희 집에서 잔다고 할 테니. 그리고 다음 주
토요일에 간다고 유튜브에 확실히 공지하고."

A초등학교는 인천의 구도심인 동인천에 위치하고 있었다. 경호
와 창훈은 전철을 타고 종점 바로 전 정거장인 동인천역에서 내렸
다. 해가 서쪽으로 넘어가 주위가 어두워지고 있었다. 경호가 스마
트폰 길찾기 앱 화면을 들여다보며 말했다.

"창훈아, 저기 자유공원 쪽으로 올라가면 돼."

자유공원 쪽으로 올라가자 일본식 목조 주택이 보였다. 언젠가
봤던 일본 공포 영화가 떠올랐다. 더운 날인데도 경호 팔뚝에는 오
돌토돌 닭살이 올라왔다.

"여기 왜 일본 옛날 집 같은 게 많지, 괜히 무섭게……."

"벌써부터 겁을 먹으면 어떡해? 우리 사이언 키즈들은 경록 홈스가 겁먹은 모습을 보고 싶어 하는 게 아니라고."

"슈퍼맨도 약점은 있어."

"그러니까 경록 홈스가 슈퍼맨이라는거야, 아니면 경록 홈즈 약점이 귀신이라는 거야?"

"빨리 따라오기나 해."

경호는 심호흡을 하고 발걸음에 힘을 주었다. 멀리 학교가 보였다. 100년 된 학교인 만큼 어떤 건물들은 옛날식에 오래되어 보였다. 경호의 긴장감은 점점 높아졌다. 교문에 도착하니 기둥에 '인천 A초등학교'라고 새겨져 있는 것이 보였다.

경호가 주춤하자 창훈이 먼저 발걸음을 뗐다.

"난 과학만을 신봉하는 미치광이 과학 박사. 귀신은 증명할 수 없어. 그럼 들어가서 효자 정재수 동상을 찾아볼까?"

경호도 서둘러 창훈의 뒤꽁무니를 따라갔다. 교문에서 정면으로 학교 본관 건물이 보였다. 건물 앞이나 운동장에는 동상이 보이지 않았다. 둘은 본관 건물을 돌아 뒤쪽으로 갔다. 거기에는 더욱 오래된 대리석 건물인 별관이 있었다. 어둠이 내린 오래된 건물 전체를 담쟁이가 덮고 있어서 더 으스스해 보였다. 경호의 심장이 더 거세게 뛰기 시작했다.

정재수 동상은 별관 건물 앞 중앙에 서 있었다. 녹슨 쇳덩이처럼 보이는 동상은 오래되어 얼굴 형체가 뚜렷하지 않았다.

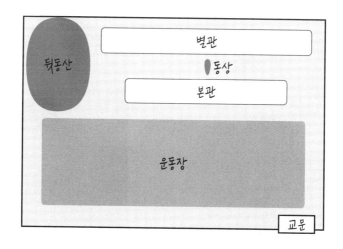

"옳지, 저기 있군. 경호야, 스마트폰 꺼내. 네가 겁을 먹었으니 촬영 담당을 해. 나를 찍어."

경호는 군말 없이 스마트폰을 셀카봉에 연결했다. 창훈은 가방에서 하얀 가운을 꺼내 입고는 정재수 동상 옆에 섰다.

"경록 홈스, 준비됐어?"

경호도 혹시 모를 출연에 대비하여 셜록 홈스 모자를 썼다.

"오케, 훈슈타인, 그럼 촬영 들어간다. 셋, 둘, 하나, 큐."

"하이, 헬로, 안녕? 훈슈타인이에요. 오늘은 경록 홈스가 촬영을 하고 있답니다. 여러분께 예고한 대로 인천의 A초등학교에 왔습니다. 지금 시간은 밤 9시가 다 되어 가네요. 여기 A초등학교는 100년 전통을 자랑하는 학교인데요. 제 뒤에 보이는 오래된 건물은 담쟁이로 덮여 있어서 귀신의 집 같기도 합니다."

경호는 셀카봉을 이리저리 움직이면서 건물을 촬영했다. 그러고는 천천히 정재수 동상 앞으로 갔다. 창훈은 자연스럽게 정재수 동상에 어깨동무를 했다.

"여러분, 이것이 효자 정재수 동상입니다. 요즘 학교에 이런 동상이 있는 것이 신기할 따름이네요. 학교만큼 동상도 오래됐는지 눈, 코, 입이 선명하지 않습니다. 제가 미리 조사해 본 결과 정재수 군은 1974년 1월에 눈길에 쓰러진 아버지에게 옷을 벗어 주고 같이 죽었다고 합니다. 그 효심을 기리기 위해 동상이 세워졌다고 하는데요. 아무튼 오늘 밤 12시에 이 동상이 정말 움직이는지! 유튜버 과학 박사 훈슈타인이 확인해 보겠습니다."

경호는 정지 버튼을 눌러 촬영을 끝냈다.

"커트, 좋았어. 훈슈타인. 그럼 우리는 여기서 기다릴까?"

"음……. 그건 좋지 않은 생각이야."

"왜지?"

"이 사건을 누군가 꾸민 거라면, 우리가 자리를 피해 줘야 작전을 실행하지 않겠어? 만약에 진짜 귀신이라고 해도 누군가 빤히 보고 있다면 움직이지 않을 거라고."

경호는 별관 건물을 올려다봤다. 어둠이 깔린 건물 창문 하나하나가 검정색 눈동자 같았다. 수많은 눈동자들이 내려다보는 느낌에 창문들을 쭉 훑어보는데 한 창문에서 누군가 재빨리 숨는 듯한 기척을 느꼈다. 등줄기에서 전기가 찌르르 흘렀다. 이런 느낌을 받는 건 사실 귀신이 몸을 통과할 때라는 얘기가 떠올랐다.

"창훈아, 저기 운동장에 가서 기다리자. 아까 보니 운동장 끝에 벤치가 있더라고. 동상이 운동장을 돈다고 했으니 거긴 괜찮겠지."

"좋아."

둘은 본관 건물을 돌아 운동장으로 나왔다. 운동장 끝, 교문 근처에 있는 벤치에 앉아 숨을 돌리며 경호가 창훈에게 물었다.

"창훈아, 넌 진짜 귀신을 안 믿어?"

"아예 안 믿는 건 아니야. 가능성이 낮다는 거지. 하지만 이렇게도 생각할 수 있어. 뉴턴이 역학을 정리했고, 그게 오랫동안 정설이었어. 그런데 아인슈타인은 뉴턴 역학을 전면적으로 바꿔 버렸어. 절대적인 줄 알았던 시간이 상대적이라는 걸 증명했지. 그렇게 특수 상대성 이론과 일반 상대성 이론을 발표했어."

"이 마당에 과학 강의는 집어치워 줘."

"뭐, 결론을 말하자면 과학적으로 가능성이 낮아도 이론은 언제든 뒤집어질 수 있어. 귀신은 존재할 수도 있다는 거야."

늦은 밤이라 피곤해서 둘은 앉은 채로 잠시 졸았다. 창훈은 턱을 괴고 있던 손이 내려가는 바람에 퍼뜩 깨어났다. 시계를 보니 12시가 조금 지난 즈음이었다.

"경호야, 일어나! 정재수 동상이 움직일 때가 됐어."

경호가 눈을 떠 본관 건물 끝 쪽으로 눈길을 돌렸다. 그때 어둠 속에서 무언가가 천천히 움직이는 게 보였다. 당장 졸음이 날아가고 정신이 들었다. 거리가 멀었지만 분명 사람이었다. 경호는 놀라서 말이 나오지 않는지 손가락으로 흔들거리는 물체를 가리켰다.

"옳지, 드디어 나왔구만. 경호야, 정신 차리고 빨리 카메라 켜."

"차, 창훈아. 저건 귀…… 귀신이야!"

"으이구."

창훈은 자신의 스마트폰을 셀카봉에 끼우고는 유튜브 실시간 방송에 연결했다. 그리고 자신의 얼굴과 저 멀리서 걸어오는 형체를 한 화면에 담았다. 순식간에 실시간 시청자가 20여 명으로 늘어났다. 창훈은 목소리를 낮추며 속삭였다.

"사이언 키즈 여러분, 훈슈타인입니다. 급하게 생방을 시작합니다. 시계 보이시죠? 막 12시가 되었습니다. 여기는 본관 건물 반대쪽 운동장인데요. 저기 움직이는 형체가 보입니다. 저게 바로 시청자가 제보했던 움직이는 정재수 동상일까요?"

창훈은 움직이는 형체 쪽으로 스마트폰을 돌렸다. 멀긴 했지만 형태는 사람이 분명했다.

"움직입니다. 오 마이 갓! 아까 우리가 별관 앞에 서 있는 정재수 동상의 영상을 찍었었는데요. 정말 정재수 동상이 걸어서 다가오고 있는 걸까요?

실시간 댓글 창에 댓글이 채워지기 시작했다.

👤 오! 진짜 움직이네.

🔵 사람이네.

🔵 멀어서 안 보여, 가까이 가라!

움직이는 동상은 마치 영화에 나오는 좀비처럼 비틀비틀 다리를 끌었다. 그리고 천천히 운동장을 돌아 나오기 시작했다. 아까는 자신 있게 말했던 창훈도 실제로 걷는 동상을 보니 겁이 나기 시작했다. 하지만 가까이 가서 확인을 해야 했다.

"오! 여러분, 훈슈타인의 등줄기에서 식은땀이 흐르는군요. 정말 있어요. A초등학교에는 밤 12시에 운동장을 도는 정재수 동상이 있습니다. 지금 어두워 얼굴은 확인되지 않지만, 체구를 보니 초등 5학년~6학년 정도 되고, 옷도 정재수 동상과 비슷한 옛날 교복처럼 보입니다. 두 손을 앞으로 내밀고 좀비처럼 느릿느릿 운동장을 돌아 가까이 오고 있습니다."

창훈은 눈에 힘을 주고 봤지만, 진짜 정재수 동상인지 사람인지 아직 구별이 되지 않았다. 댓글 창에는 빨리 가까이 가 보라는 글이 쇄도했다. 창훈은 셀카봉을 정재수 동상 쪽으로 돌리고, 벤치에서 떨고 있던 경호에게 속삭였다.

"경호야. 가자."

"어딜 가?"

"가까이 가서 귀신인지 사람인지 확인해야 할 것 아니야? 지금 시청자들 난리났어."

"너 혼자 가. 난 무섭단 말이야."

창훈이 마른침을 꿀꺽 삼켰다.

"나도 혼자 가기는 무서워."

"그럼 그냥, 돌아갈까? 이 정도만 찍어도 충분하잖아."

"지금 실시간 시청자가 많이 들어왔지만 여기서 끝내면 구독자로 연결되지 않을 거야. 가까이 가서 확인해야 해."

경호는 잠시 생각하더니 벤치에서 일어섰다.

"네가 앞장서. 셀카봉은 내게 주고. 내가 움직이는 동상과 너를 찍을게."

창훈은 손으로 오케이 사인을 하고는 셀카봉을 전달했다. 경호는 화면에 창훈과 움직이는 동상이 잡히도록 각도를 조절했다.

"여러분, 지금 저 멀리 오는 정재수 동상이 보이죠? 오래된 학교의 전설을 눈앞에서 직접 보니 이 훈슈타인도 몸이 떨리는군요. 하지만 우리가 누굽니까? 과학 탐정 경록 홈스, 과학 박사 훈슈타인이 정재수 동상의 정체를 밝히기 위해 가까이 가서 영상을 찍어 보겠습니다."

창훈은 다가오는 정재수 동상에게 천천히 다가갔다. 가까이 갈수록 동상의 얼굴이 점점 선명해졌다. 희멀건한 얼굴빛에 피를 흘렸는지 입 주위가 불그스름했다. 두 손을 앞으로 뻗은 채 흔들거리며 걸어오고 있었다. 창훈은 심장 안쪽에서 공포감이 점점 밀려 올라오는 걸 느꼈다. 발걸음이 더 이상 떨어지지 않았다. 당장 뒤돌아 도망치고 싶었다.

'용기를 내자, 창훈아. 여기서 물러나면 인기 유튜버가 되기는 그른 거야.'

창훈은 혼잣말로 중얼거리며 눈을 질끔 감고, 다가오는 정재수 동상에게 다가갔다.

직 스르르, 직 스르르.

정재수 동상이 걸을 때마다 다리를 저는지 운동장 흙이 끌리는 소리가 났다. 발걸음 소리가 가까워지더니, 더 이상 나지 않았다. 정재수 동상이 운동장을 계속 돌지 않고, 창훈 앞에 멈춘 것이다. 눈앞에 정재수 동상의 얼굴이 보였다. 초점 없는 눈동자, 입에 문은

붉은색 피, 하얀 피부색이 일본 영화에서 봤던 귀신과 똑같았다. 앞으로 뻗은 손에 기다랗고 뾰족한 손톱이 날카로워 보였다. 동상의 붉은 입이 움직였다.

"추……워……. 추……워……."

동상의 입에서 나오는 소리는 작았지만 분명 '추워'라고 말하고 있었다. 정재수는 얼어 죽었다더니 진짜 정재수 귀신일까? 창훈의 뇌에서 위험 신호가 한꺼번에 쏟아지고 있었다. 경호가 잘 따라오나 확인하려 뒤를 돌아보니, 언제 도망갔는지 운동장 교문으로 전력질주하고 있는 게 보였다.

'배신자……. 나도 어서 도망가야 해.'

뒤돌아 도망 가려는 찰나, 정재수 동상의 교복 상의가 꿈틀거리 더니 교복 단추 사이로 무언가 휙 빠져나왔다. 이빨이었다. 몸에서 튀어나온 이빨이 "워! 어이, 춥다고! 옷을 내놔!" 하고 괴성을 지르 며 창훈에게 달려들었다.

"으악!"

창훈은 뒤돌아 달렸다. 몇 번이고 넘어진 것 같았지만 아픔을 느 낄 새가 없었다. 창훈이 교문 밖으로 나와 가까스로 정신을 차리자 그제야 경호가 보였다. 교문 바깥쪽에 웅크리고 주저앉아 있었다.

"창훈아, 여기야."

"야, 이 자식아! 너 언제 도망갔어?"

"나도 몰라. 정신을 차려 보니 여기였어……."

"촬영은?"

"지금 유튜브가 중요하냐? 귀신 씌기 전에 어서 택시 타고 집으 로 돌아가자."

큰길로 나오자 길가에 서 있는 택시가 보였다. 둘은 서둘러 택시 에 올라타서는 택시기사에게 동시에 외쳤다.

"부평이요!"

기사는 둘을 한번 돌아보더니 걱정하며 물었다.

"너희 괜찮니?"

"괜찮아요. 빨리 출발해 주세요, 빨리요!"

기사는 상관하지 말자고 생각했는지 더 묻지 않고 차를 출발시켰다.

창훈의 집으로 같이 돌아온 둘은 피곤에 지쳐 침대 위로 쓰러졌다. 창훈은 공포감이 사라지자 그때서야 다리가 아파 왔다. 아까 도망치다 넘어졌을 때 긁히고 찢긴 자리였다. 다행히 경호가 먼저 도망가면서 유튜브 방송 실시간 연결은 끊긴 것 같았다.

"아, 아픈 건 둘째 치고, 쪽팔리네."

창훈 스스로 생각해도 한심했다. 정재수 동상 귀신이라니. 과학을 절대적으로 믿는 자신이 귀신에 쫓겨 도망치고 넘어지고 깨지고. 얼굴에 열이 확 올랐다.

"창훈이 너 귀신 안 믿는다며. 아까 학교에서 도망칠 때, 네 얼굴이 귀신 같았어. 크큭."

"쓸데없는 소리 마. 아까 정재수 동상이 날 잡아먹으려고 했단 말이야. 배에서 입이 나왔어. 에일리언처럼 입이 쭉 나왔다고. 네가 도망가지만 않았어도 그걸 실시간으로 시청자들에게 보여 줄 수 있었는데……."

"교문에서 내가 다시 찍어 봤어. 멀긴 하지만 한번 확인해 볼까?"

"좋아. 잠도 안 오는데 지금 동영상을 편집해서 올리자."

창훈은 컴퓨터에 스마트폰을 연결하고 동영상을 다운받았다. 동영상으로 다시 봐도 무서웠다. 정재수 동상의 얼굴이 보이자 경호는 바로 교문으로 도망쳤는지, 화면이 어지럽게 흔들리다가 이내 꺼졌다. 그리고 곧 정신을 차렸는지, 다시 찍은 영상에서는 창훈이 괴성을 지르면서 넘어지고 구르며 달려오는 게 보였다.

"이런 한심한 장면은 빼야겠지?"

창훈은 자신이 도망치고 울부짖는 부끄러운 장면은 편집했다. 그렇게 완성된 동영상을 유튜브에 올리고 둘은 깊은 잠을 잤다.

다음 날 해가 중천에 이르렀을 때, 창훈의 어머니가 깨웠다.

"일어나! 쉬는 날이라고 언제까지 잘 거야? 창훈이 너 누구랑 싸운 거 아니지? 다리가 왜 그래?"

"어제 그럴 일이 있었어요."

"경호야, 너희 무슨 일 있는 거 아니야? 혹시 싸움했니?"

"넘어진 거예요. 그리고 우리 같은 약골이 누구랑 싸우겠어요."

"그건 그렇지. 여튼 빨리 씻고 밥 먹어라."

둘은 어머니가 차려 준 밥을 먹고 방으로 들어왔다. 어제 올린 동영상 반응이 어떤지 궁금했다.

"헐, 4,300!"

"우왓, 대박인데!"

평소 탐정 놀이 영상을 그렇게 올려도 조회 수는 500회 전후였는데 지금은 무려 4,000회를 돌파했다. 댓글도 100개 이상 달려 있었다.

- 이번엔 재미가 있네요.ㅋㅋ
- ㅋㅋㅋㅋㅋㅋㅋㅋ
- 도망슈타인
- 최고의 겁쟁이 훈슈타인

어딘가 이상했다. 댓글창은 훈슈타인을 놀리고 조롱하는 듯한 댓글로 가득했다. 댓글에 링크 주소가 있어 눌렀더니 다른 동영상으로 연결되었다. 다름 아닌 창훈이 도망치는 모습을 담은 동영상이었다. 이상한 괴성을 지르는 정재수 동상과 그보다 더 괴상한 괴성을 지르는 창훈. 동영상에서 창훈은 운동장에서 교문으로 도망치면서 몇 번이나 넘어졌다. 운동장을 구르고 기고 소리치고, 자기 발에 걸려 넘어지는 등 코미디가 따로 없었다. 심지어 정재수 동상이 더 이상 따라오지 않았는데도 저 혼자 계속 그랬다.

이 동영상의 조회 수는 무려 2만 회였다. 2만 명이 창훈의 도망치는 장면을 본 것이다. 창훈은 얼굴이 화끈 달아올랐다. 이 동영상을 타고 과학 탐정 삼총사 TV로 와서 어제 올린 동영상도 조회 수가 그렇게 많은 것이었다. 누군가가 몰래 자신을 찍고 있었다는 사실에 부끄러움이 분노로 바뀌었다.

"경호야. 우리 함정에 빠진 것 같은데."

"맞아. 이 영상의 방향을 보아하니 학교 안 뒷동산 쪽에서 누군가 찍은 거야."

"어떤 놈이 감히 날 놀려? 이 과학 박사 훈슈타인을?"

경호는 영상이 올라온 채널을 살펴보더니 창훈에게 말했다.

"이 채널은 개설된 지 얼마 되지 않은 거야. 그동안의 영상이 하나도 없어서 정보를 파악할 수 없어."

창훈은 주먹을 부르르 떨더니 경호를 보았다.

"복수해야지! 경록 홈스. 정식으로 이놈들을 찾는 것을 의뢰한다."

"좋다. 훈슈타인. 자네의 부끄러움은 우리 과학 탐정 삼총사 모두의 부끄러움과 같다. 범인을 색출하여 응당한 벌을 주도록 하자."

둘은 뭔가 단서를 찾기 위해 해당 동영상을 몇 번이나 되돌려 봤다. 반복해서 주의 깊게 듣자 배경에서 희미한 웃음소리를 잡아낼 수 있었다. 창훈이 넘어지고 깨지고 할 때 촬영자가 웃음을 참을 수 없었던 것이다.

"경호야. 이 패거리는 최소 두 명이야. 정재수 동상 역할 한 명, 동영상을 찍는 사람 한 명."

"맞아. 웃음소리를 보니, 숨어서 영상을 찍은 사람은 변성기의 남자 같아. 그렇다면 나이는 초등학교 고학년 또는 중학교 1학년 정도 될 거야."

"아마 이 학교에 다니는 학생일 가능성이 높아."

경호는 창훈의 말에 고개를 끄덕였다. 그리고 연습장에 '범인은 남자 두 명, 정재수 동상의 체구를 감안하면 초등학교 5학년~6학년 남자들로 추정'이라고 썼다.

"그런데 배에서 나온 입은 뭐였지?"

"간단한 트릭으로 생각할 수 있지 않을까? 정재수 동상은 팔을 앞으로 뻗고 있었어. 우리가 찍은 영상을 보면 팔이 굽혀지거나 흔들리지 않고 계속 곧게 앞으로 뻗어 있어. 평소에 앞으로나란히 한 채로 5분만 있어도 힘들잖아. 고로 저건 가짜 팔일거야."

창훈이 억울한지 오른손 주먹으로 왼 손바닥을 때렸다.

"맞네. 진짜 팔은 교복 안에 숨기고 있다가 틀니 같은 걸 들고 내민 거겠지. 내가 공포에 사로잡혀 있어서 이빨만 보고 입으로 생각했던 거야."

"그렇다면 머리가 조금은 있는 놈들이겠군."

경호는 둘이 추리한 내용을 상세하게 기록했다.

"다른 단서를 찾아볼까?"

창훈은 자신이 올린 동영상에 달린 댓글을 살폈다. 눈에 띄는 댓글이 있었다.

> 🔵 **구**도심에 있는 학교는 역시 무섭군요. 정재수 동상이 움직인 것 같긴 하지만 동상의 존재를 확실히.
>
> **해**야 하지 않겠어요? 저는 훈슈타인 님이 다시 학교에 가서 동상을 확인하길 원합니다. 확실히 해.
>
> **줘**요. 확실히.

아이디를 보니 처음 정재수 동상에 대해 글을 올린 사람이었다.

"이 사람은 왜 자꾸 정재수 동상을 찾아 A초등학교에 가라는 거지?"

"뭔가 꿍꿍이가 있는 거겠지."

이 사람은 움직이는 동상이 있다고 하면서 삼총사를 학교로 끌어들였다. 그 결과로 창훈의 줄행랑 동영상만 남게 되었다. 우연히 찍혔다기보다 도망치는 동영상을 찍으려고 일부러 학교로 유인했다고 보는 편이 타당했다.

"이놈들의 작전은 성공했는데 왜 또다시 학교로 오라는 걸까?"

둘은 댓글을 다시 유심히 살폈다. 경호의 눈에 단서가 보이기 시작했다.

"찾았다. 어쩐지 줄 바꿈이 어색하다고 생각했는데 우리에게 메시지를 보내기 위해서였군."

"어, 진짜네. 앞 글자만 모아 보니 '구해 줘'라는 말이야. 우리를 놀리기 위해 도망치는 동영상을 올려 놓고는 이제는 구해 달라고? 설마 계속 장난치는 걸까? 경록 홈스, 어떻게 생각해?"

"글쎄……. 어려운 퀴즈군."

경호는 연습장에 '구해 줘'라는 말을 썼다. 모은 단서를 종합해 보면 남자 초등학생 두 명이 정재수 동상을 이용해 삼총사가 놀라는 동영상을 찍어서 유튜브에 올렸다. 그런데 그들이 또다시 '구해 줘'라는 비밀 메시지를 보냈다. 경호는 턱을 괴고 곰곰이 생각에 잠겼다가 손가락을 튕겨 딱 소리를 냈다.

"용의자는 두 명 이상. 이렇게 우리에게 암호를 보낸 것은 자기 편에게도 이 사실을 숨기기 위해서야."

"그럼 누구에게서 구해 달라고 하는 걸까?"

"얼굴에 이상한 분장을 하고 힘들게 운동장을 돌아야 하는 정재수 동상 역할이랑, 동영상 촬영 담당이 있다고 생각해 봐. 당연히 동상 역할이 힘들지. 그렇다면 그 학생이 '구해 줘'라는 메시지를 보냈다고 생각하는 것이 이치에 맞아."

창훈은 책상 서랍을 열어 플라스틱 모형 칼을 꺼냈다. 찌르면 플라스틱 칼날이 안으로 쏙 들어가서 다치지 않도록 한 마술 도구였다.

"좋아, 사실 확인을 하고 학생을 구해 주든 혼내 주든 하자. 어때, 경록 홈스?"

경호는 손바닥을 내밀어 창훈과 하이파이브를 했다.

"근데 모형이라도 초등학생에게 칼은 안 돼. 다음에는 영상이도 같이 가자."

"좋아, 일단 내가 정재수 동상 역을 한 학생을 찾아볼게."

"어떻게 찾는다는 거야?"

"그래도 내가 가까이서 얼굴을 봤잖아. 그리고 동영상에서 범인을 특정할 단서를 찾았어."

다음 날 월요일 오후, 창훈은 학교에서 아프다는 핑계를 대고 조퇴했다. 그리고 다시 A초등학교를 찾았다. 교문이 보이는 근처 분식집으로 들어가 떡볶이를 먹으면서 학생들이 하교하기를 기다렸다.

딩동댕동.

학교 종이 울리자 학생들이 교문으로 쏟아져 나왔다. 창훈은 안경을 손가락으로 올리고 학생들의 얼굴을 유심히 살폈다. 지난 주말 동영상에 찍힌 정재수 동상을 수백 번이나 돌려봤다. 동영상 속 얼굴은 귀신처럼 분장했지만 몇 개의 특이점을 찾을 수 있었다.

키 150cm 정도의 남자. 귓불 모양은 분리형◆이고, 오른쪽 눈 밑에 검은 점이 두 개 있었다. 그리고 가장 큰 단서. 다리를 질질 끌면서 귀신 흉내를 내고 있긴 했지만, 모든 동영상을 살핀 결과 실제로 오른쪽 다리를 조금 절룩거리는 것을 알 수 있었다.

대부분 학생들이 하교했을 즈음 터덜터덜 한 학생이 걸어 나왔다. 미묘하게 오른 다리를 살짝 끌면서 걷고 있었다. 창훈은 서둘러 떡볶이 값을 계산한 후 야구 모자를 깊이 눌러쓰고 학생 뒤를 따랐다. 학생은 자유공원 쪽으로 걷다가 어느 집으로 들어가려 했다. 창훈은 재빨리 다가가 학생의 어깨에 손을 올렸다. 흠칫 놀란 학생이

◆ 멘델의 유전 법칙에 따르면, 귓불은 분리형과 부착형으로 나뉜다. 귓불 끝이 얼굴 면과 분리되어 있으면 분리형(우성), 붙어 있으면 부착형(열성)이다.

뒤를 돌아봤다. 분리형 귀에 눈 밑에 난 두 개의 점이 보였다.

"잡았다. 네가 정재수 동상이지?"

학생은 놀라서 눈을 크게 떴다. 주변을 재빨리 살피더니 대문 안으로 창훈을 이끌었다.

"과학 박사 훈슈타인 맞아요?"

창훈은 눌러쓴 모자를 벗고 얼굴을 보였다.

"그래, 내가 유튜버 과학 박사 훈슈타인이야. 감히 이 훈슈타인을 놀렸단 말이지?"

"죄송해요. 큰 잘못을 한 거 알아요. 용서해 주세요."

예상과 달리 학생이 곧바로 반성하는 모습을 보이자 창훈의 마음은 금세 누그러졌다.

"좋아, 일단 네 이름은 뭐니?"

학생은 잠시 머뭇거리더니 수줍은 듯 말했다.

"웃지 마세요. 전 정……채수예요."

"뭐라고?"

"정채수요."

정채수가 정재수 동상 흉내를 내다니 순간 웃음이 나올 뻔했다. 창훈은 웃음을 참으며 마당을 대충 둘러봤다. 잡초가 웃자라 있고 여기저기 재활용쓰레기인지 짐인지 모를 것들이 쌓여 있었다. 창훈은 턱으로 집 안을 가리키며 말했다.

"집에 어른은 없니?"

채수의 표정이 잠시 일그러졌다.

"아무도 없어요. 일단 안으로 들어오세요."

창훈은 채수를 따라 안으로 들어가면서 신발을 유심히 살폈다. 가족 구성을 대략 추측해 보려는 것이었다. 나와 있는 신발이 별로 없었다.

"잠시 화장실 좀 써도 될까?"

"저쪽이에요."

창훈은 화장실로 들어갔다. 오줌은 마렵지 않았다. 칫솔 통을 보니 큰 칫솔과 작은 칫솔 하나씩이 보였다. 채수는 어른 한 명과 살고 있는 것 같았다.

창훈은 화장실에서 나와 방바닥에 앉아 말했다.

"좋아. 채수야, 우리는 네 댓글에서 '구해 줘'라는 말을 발견했어. 그게 맞니?"

채수의 표정이 확 밝아졌다.

"오, 제가 숨긴 암호를 찾았나요? 역시 훈슈타인이네요. 오늘 경록 홈스는 안 왔어요?"

"학교에 있어. 너를 찾기 위해서 오늘은 나 혼자만 온 거야."

"그렇군요. 사실 전 두 분의 팬이에요. 과학 박사와 과학 탐정이 과학으로 문제를 해결한다. 왠지 멋있잖아요. 동영상도 모두 봤어요."

"그래, 거기까진 좋다. 근데 왜 나를 놀리는 동영상을 찍어서 유튜브에 올렸니?"

채수 표정이 다시 안 좋게 변했다.

"훈슈타인이니까 말할게요. 저는 흔히 말하는 왕따예요. 이름이 정채수인데, 학교에는 제 이름과 비슷한 정재수 동상이 있잖아요. 놀림감으로 딱 맞죠."

채수는 자신의 오른쪽 다리를 손으로 툭툭 쳤다.

"다리도 불편하고요. 왕따의 조건을 다 갖췄어요."

사실 삼총사도 졸업 여행 전까지는 무시당하기 일쑤였다. 창훈은 애써 태연한 척 말했다.

"음. 세상에 왕따의 조건이란 건 없어. 그럼 널 괴롭히는 놈들이 너에게 정재수 동상 흉내 내라고 시킨 거구나?"

채수는 고개를 천천히 끄덕였다.

"어른들에게 말하지 그랬어?"

"저는 엄마와 둘이 살고 있는데, 엄마는 밤늦게까지 일을 해요. 괜한 걱정 끼치고 싶지 않아요."

채수는 정재수만큼이나 효심이 깊은 아이였다.

"그럼 담임 선생님께 말해 보지 그래?"

채수는 눈이 왕방울처럼 커져서 창훈을 바라봤다.

"훈슈타인이라면 그러겠어요?"

물론 창훈도 그런 일을 쉽게 말할 수 없다는 것을 알고 있었다. 선생님에게 이른다면 화가 난 선생님 때문에 학급의 분위기는 더욱 안 좋아진다. 운이 좋으면 괴롭힘을 멈출 수도 있겠지만, '왕따'라는 일종의 낙인이 찍혀서 다가오는 친구들마저 없어질 수도 있다.

"걱정하지 마세요. 심하게 당하는 것은 아니에요. 게임기 값만 갚으면 돼요. 제가 놀다가 제 친구 재석이의 게임기를 책상에서 떨어뜨려서 박살냈거든요."

"그 게임기가 얼마인데?"

"닌텐도 최신형 게임기예요. 게임 500가지가 내장되어 있는 특수 게임기라서 한국에서는 구하기도 힘들대요. 재석이 말로는 아버지가 50만 원을 주고 일본에서 사 왔다고 해요."

창훈도 그 게임기를 알고 있었다. 일본 제품은 맞지만 가격이 정말 50만 원일지는 확인해 볼 필요가 있었다.

"그래서 돈을 갚기 위해 어쩔 수 없이 동영상을 찍은 거구나?"

"네, 죄송해요. 다른 방법이 없었어요. 재석이가 그렇게 해서 게임기 값을 벌자고 했어요."

"이런 바보. 넌 게임기 가격 검색도 안 해 봤어?"

"해 봤죠. 근데 게임 500개가 내장되어 있다는 걸 찾을 수도 없더라고요."

"쯧쯧, 게임기 회사에서는 게임 소프트웨어를 최대한 많이 팔아먹어야 하는데 500가지나 넣어서 게임기를 만드는 회사가 어디 있겠냐? 내 생각에는 오히려 불법 제품일 것 같아. 아마 전자상가에 가면 10~20만 원 정도에 구할 수 있을걸?"

"헐. 하지만 저에게는 10만 원도 큰돈이에요. 그리고……."

채수는 고개를 푹 숙이며 한숨을 내쉬었다.

"뭔데? 아직 할 말이 있어?"

"잘은 모르지만 재석이는 제 친구였는데 언젠가부터 나쁜 형들을 따라다녔어요. 아마 이번 동영상 촬영도 그 형들의 머리에서 나온 작전일 거예요."

"형들이라면 중학생?"

"잘은 모르겠어요."

재석이라는 놈 뒤에 중·고등학생 양아치가 있다는 말인데, 영상이 함께한다면 큰 문제는 없을 것이다.

"오케이! 그건 걱정하지 말고, 일단 재석이란 친구를 혼내 주고, 부서진 게임기는 그다음에 해결해 보자고."

채수가 놀라서 고개를 들었다.

"재석이를 때리거나 하는 건 아니죠?"

"난 폭력을 싫어해. 하지만 눈에는 눈, 이에는 이지. 굴욕 동영상에는 굴욕 동영상이야. 이제 작전을 알려 줄 테니 잘 기억해."

채수는 고개를 연신 끄덕였다.

"그러니까 넌 재석이한테 다시 훈슈타인과 경록 홈스를 부른다고 하고, 또 영상을 찍자고 해. 그리고……."

결전의 날이 다가왔다. 과학 탐정 삼총사는 창훈이네 집으로 모였다. 이번에는 영상도 참여할 수 있었다. 창훈이 방바닥에 여러 가지 물체를 늘어놓았다. 특수 도르래, 주황색 빨랫줄, 플래시, 여러 색의 셀로판지였다. 경호가 도르래를 만지면서 물었다.

"초딩 하나 혼내 주는데 이게 다 뭐야? 꿀밤 한 대 때려 주면 되지."

창훈이 영상을 보면서 말했다.

"영상아, 저 무지한 탐정에게 나의 높은 경지를 알려 줘라."

영상이가 두 손을 모아 합장하더니 눈을 감고 말했다.

"폭력은 폭력을 부를 뿐, 어리석은 중생이 자신의 잘못을 뉘우치게 하지는 못한다네. 지금 훈슈타인은 굴욕 동영상으로 작은 교훈을 전하여 자신의 죄를 깨닫게 하려는 것이네."

"동영상을 찍는다고?"

"그렇지, 굴욕은 굴욕으로 갚아 줘야지. 자, 그럼 내 작전을 들어 봐. 우리도 귀신 분장을 할 거야. 뒤에서 정재수 동상을 조종한 재석이라는 아이를 놀라게 하고, 그 장면을 동영상으로 찍을 거야."

경호가 바닥에 늘어놓은 물건들을 가리키며 말했다.

"이것들이 귀신 분장 도구라는 거지?"

"맞아, 우리는 과학적으로 귀신을 보여 줄 거야. 먼저 이 도르래는 고정 도르래와 움직도르래가 섞인 특수 도르래야. 우리 중학교 3학년 때, 도르래에 대해 배웠는데 기억나지?"

경호가 영상을 보자 영상은 어깨를 으쓱하며 경호를 힐끗 보았다. 경호도 기억이 나지 않는 것은 마찬가지였다.

"과학 박사, 세상에 기억할 게 얼마나 많은데 그런 걸 기억하겠어? 우리가 잘 알아듣게 설명해 봐."

"오케, 친절한 훈슈타인이 설명해 주지."

창훈은 도르래에 빨랫줄을 끼우고는 한쪽으로 나온 줄을 책상의자에 묶었다. 그러고는 벽걸이 시계를 빼서 내리고, 튀어나온 못에 도르래를 매달았다. 반대쪽으로 나온 줄을 창훈이 슬쩍 당기자의자가 위로 올라갔다.

"오, 신기한데? 네가 힘이 엄청 세진 게 아니라면 무슨 과학적 원리가 있겠지?"

"당근이지. 움직도르래는 힘을 반으로 줄여 줘. 즉, 이 의자가 10kg이라면 5kg을 들 힘으로 의자를 들 수 있어. 그리고 고정 도르래는 힘의 방향을 바꿔 주지."

"영상아, 지금 창훈이가 하는 이야기 이해가 가니? 나만 어렵니?"

영상도 고개를 갸웃했다.

"정말 이상한데? 의자가 가벼워진 것도 아니고 말이야."

창훈은 언제나처럼 한숨을 쉬고 연습장을 가져와 과학 수식을 쓰기 시작했다.

"바로 도르래 양쪽의 일은 같다는 거야. 일은 힘 곱하기 이동거리인데 움직도르래 때문에 물건의 이동거리가 반으로 줄어들잖아. 그니까 10kg의 물체를 1m 들려면 5kg의 힘만 있으면 되는데, 대신

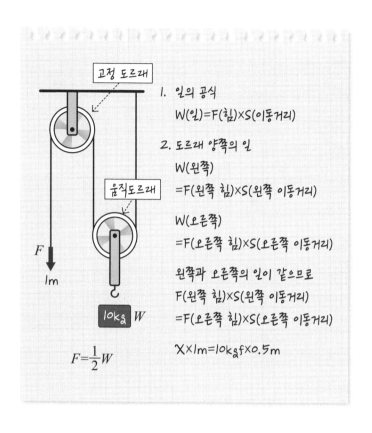

줄은 그 두 배로, 즉 2m 당겨야 해."

경호가 박수를 쳤다.

"역시 과학 박사야. 난 학교에서 배운 과학 지식이 항상 바로 빠져나가는데 너의 머리는 어찌 된 일이냐?"

"흐흐, 우리 일상은 과학으로 가득하다고. 난 항상 일상에서 과학을 보려고 하기 때문에 잊지 않는 거야."

"그건 그렇고 그걸로 어떻게 귀신을 만든다는 거야?"

"내 몸무게가 52kg이니, 영상이 너 26kg 정도는 들 수 있겠지?"

영상이 알통을 만들어 보였다.

"난 요즘 복싱 훈련을 한다고. 저 도르래를 쓰지 않아도 들 수 있을걸?"

"그럴 필요는 없어. 빨랫줄을 내 허리띠에 묶고, 도르래는 나무에 고정할 거야. 위아래로 올라갔다 내려왔다만 하면 상대방은 놀라게 되어 있어."

"그것만으로는 부족할 것 같은데 다른 것이 또 있겠지?"

"제군들, 우리는 1학년 때 빛의 삼원색도 배웠다네. 기억나는 친구?"

영상이가 손을 들었다.

"빨강, 초록, 파랑색이야."

"정답. 그럼 빨강과 초록빛이 섞이면 무슨 색이 될까?"

"그건 네가 설명해 줘야 할 것 같은데."

"중학교는 나만 제대로 다녔나……."

창훈이 중얼거리며 스마트폰을 검색하더니 한 이미지를 찾아냈다. 빛의 삼원색이라고 쓰여 있었다.

"여기를 봐봐. 빨강과 초록

<빛의 삼원색>

이 섞이면 노란색이 돼. 마찬가지로 빨강과 파랑이 섞이면 자주색, 초록과 파랑이 섞이면 청록색이 되지."

경호와 영상은 모범생처럼 고개를 끄덕였다.

"원래 색은 빛의 파장에 따라 다른데……. 중학교 수준으로 설명해 줄게. 저번에도 설명했지만 본다는 것은 물체에 반사된 빛이 우리 눈으로 들어와 망막에 맺히는 거야. 즉, 빨간색 물체는 빨간색 빛이 반사된 것이고, 초록색 물체는 초록색 빛만 반사된 거지. 그럼 문제! 노란색은 어떻게 되는 것일까?"

경호가 손을 번쩍 들었다.

"네, 과학 박사님, 노란색 빛만 반사되는 것입니다."

"땡! 그럼 굳이 문제를 냈겠습니까?"

영상이 이어서 손을 들었다.

"빨간색과 초록색이 반사되고, 우리 눈에서는 두 색이 섞여서 노란색으로 보이는 겁니다."

"딩동댕!"

창훈이 노란색 색종이를 하나 꺼냈다.

"제군들, 이게 무슨 색이지?"

"자꾸 묻지 말고 빨리 해 보라고."

창훈이 플래시에 빨간색 셀로판지를 댔다.

"영상아, 형광등을 꺼 줘."

영상이 일어서 스위치를 누르자 사방이 컴컴해졌다. 갑자기 깜

깜해지니까 더욱 앞이 보이지 않았다. 창훈이가 플래시를 켰을 때 빨간색 셀로판지를 통해 나오는 빛은 빨간색이었다.

"이 빨간색 빛을 노란색 색종이에 비춰 보면?"

창훈이 불빛을 비추자 분명히 노란색이었던 색종이가 빨간색으로 보였다.

"앗! 뭐야. 색종이를 바꿔치기한 것은 아니지?"

"마술 아니야?"

어두워서 보이지는 않았지만 창훈이 안경을 추어올리는 기척이 느껴졌다.

"과학이라네, 친구들, 색종이를 잘 봐 봐."

창훈이 빨간색 셀로판지를 떼어내자 백색광이 나왔고, 색종이는 다시 노란색으로 변했다. 두 친구들은 변화하는 색종이에 감탄했다.

"우와."

"자, 이번엔 초록색 셀로판지를 댄다."

그러자 플래시 불빛은 초록색으로 바뀌었고, 더불어 색종이도 초록색으로 바뀌었다. 경호와 영상이 박수를 쳤다.

"자, 그럼 이 원리를 설명해 주지. 아까 노란색은 빨간색 빛과 초록색 빛이 반사되어 합성되었다고 했어. 그럼 빨간색 빛만 비추면 어떤 빛이 반사되지?"

경호와 영상은 합창했다.

"빨간색!"

"그럼 우리 눈에 들어온 빛이 빨간색이니 당연히 빨간색으로 보이겠지. 초록색 빛을 비추면?"

"초록색!"

"좋다. 제군들도 과학도가 되어 가고 있다. 그럼 마지막 문제, 만약에 노란색 색종이에 파란색 빛을 비추면 무슨 색으로 보일까?"

"파란색." 이번에는 경호만 대답했다. 창훈이 플래시 불빛을 경호의 얼굴에 비췄다.

"자네는 어찌 그렇게 학습 능력이 없는가?"

"틀렸어?"

"당연히 틀렸지."

이번에는 플래시를 영상에게 비췄다. 영상은 턱을 괴고 잠시 생각하더니 말했다.

"블랙."

"오호! 정답! 나의 수제자는 영상이 너야. 여기 바보 탐정에게 설명해 주게나."

"노란색은 빨간색과 초록색을 반사하고, 파란색은 흡수한다고 했어. 파란색만 비추면 파란색 빛을 흡수하고 우리 눈에는 아무 빛도 오지 않게 돼. 아무 빛이 없으니 검정색이겠지."

창훈이는 파란색 셀로판지를 덮은 플래시로 노란색 색종이를 비췄다. 색종이는 정말 검정색으로 보였다. 과학은 신비 그 자체였다.

"그런데 창훈아, 이걸로 어떻게 놀라게 만든다는 거지?"

"너희 중국의 '변검'이라고 들어 봤어? 전통 가면극 같은 건데 얼굴 모습이 순식간에 바뀌어. 가면을 여러 개 쓰고서 재빨리 하나씩 벗는 원리지. 우리 얼굴에 빨, 녹, 파 포스터물감으로 이곳저곳 칠해서 귀신 분장을 할 거야. 거기에 여러 색의 셀로판지를 붙인 플래시 빛을 비추면 어떻게 될까?"

"오호, 변검처럼 얼굴 모양이 빠르게 바뀌겠지."

"바로 그거야. 심지어 도르래로 널뛰기를 하다가 얼굴이 막 변하면 어떻게 될까?"

"흐흐, 나 같으면 놀라서 오줌 싸겠는데?"

"역시 훈슈타인! 근데 이번 작전에서 뭐 조심해야 할 건 없어?"

경호의 물음에 창훈이 대답했다.

"걸리는 게 있어. 채수 말로는 재석이 뒤에 나쁜 형들이 있대. 하지만 영상이가 동행한다면 문제없겠지?"

록키전이 합장을 하고 말했다.

"난 비폭력주의지만 그런 나쁜 놈들이 있다면 하는 수 없이 혼내 줘야겠지."

"오케이, 그럼 구체적인 계획을 짜 보자."

셋은 그날의 작전을 세밀하게 토론하고 계획해 나갔다.

드디어 결전의 날. 경호는 셀카봉에 스마트폰을 달고 운동장 벤치에서 촬영하는 척하며, 정재수 동상이 나오기를 기다렸다. 그리고 영상과 창훈은 뒷동산에 숨어서 재석이라는 아이가 나오길 기다리고 있었다. 창훈은 포스터물감으로 무서운 도깨비처럼 얼굴을 꾸미고 가방에서 무시무시한 식칼 모형을 꺼내 준비하고 있었다. 외모만 봐서는 지옥에서 온 요괴 같았지만 입꼬리가 자꾸 올라가는 게 왠지 기쁜 얼굴이었다.

"흐흐흐, 요놈이 내 굴욕 영상을 찍었겠다? 조금 있다가 지옥을 맛볼 것이다."

12시가 되자 본관 건물에서 채수가 정재수 동상 흉내를 내며 비틀비틀 걸어 나왔다. 경호도 작전대로 가방에서 영화 〈스크림〉 가면과 검은 망토를 꺼냈다.

"그럼 무서운 영화를 시작해 볼까?"

경호는 스마트폰을 주머니에 넣고 가면을 쓰고 망토를 몸에 둘렀다.

"셋, 둘, 하나, 레디 액션."

경호는 두 손을 높이 들고 채수에게 달려갔다.

"오라라 우끼끼."

경호는 입에서 나오는 대로 소리친 후 두 손가락으로 채수의 눈을 힘껏 찔렀다. 사실 실제로 찌른 것이 아니라 흉내만 낸 거였다. 채수도 미리 준비한 빨간 액체 주머니를 눈 쪽에 터뜨리면서 울부짖었다.

"으악! 내 눈! 앞이 안 보여!"

채수는 동영상을 찍고 있는 재석이 있는 뒷동산 쪽으로 손을 뻗고 엉금엉금 기어갔다. 경호는 다시 괴상한 비명을 질렀다.

"우삐까!"

그러고는 기어가는 채수를 막아서고서 괴롭히는 액션을 취했다. 채수는 굵고 짧게 마지막 비명을 지르며 바닥으로 털썩 엎어져 기절한 척했다. 경호는 이제 손가락으로 뒷동산을 겨누고는 빠른 속도로 달려갔다.

한편 재석은 채수가 동상을 흉내 내며 나올 때, 촬영하기 위해 뒷동산 바위 뒤에 몸을 숨기고 있었다. 스크림 가면 괴한에게 채수가 당하는 것을 본 재석은 겁에 질려 도망가려 일어섰다. 뒤를 도는 순간 도깨비 얼굴의 창훈이 나타났다. 놀란 재석은 제자리에 주저앉았다. 이때다 싶어 영상이 빨랫줄을 잡아당겼다. 창훈의 몸이 공중에 붕 떴다가 내려왔다 하며 손발을 허우적거렸다. 잠시 후 셀로판지를 붙인 플래시로 얼굴을 비췄다. 정신없게 플래시의 색을 바꾸자 도깨비 얼굴도 시시각각 변했다.

재석은 생각보다 겁쟁이인지 바닥에 주저앉아 울음을 터뜨리고 말았다. 그래도 창훈은 쉽게 용서할 마음이 없었다. 자신을 우스갯거리로 만든 것은 둘째 치고, 친구를 왕따시키는 것은 너무 큰 잘못이라고 생각했다. 엉엉 우는 재석을 향해 창훈이 괴성을 질러댔다. 재석은 공포에 질려 울음을 터트렸다.

"으앙, 살려 줘요."

"감히 날 놀려? 저 정재수 동상처럼 너도 지옥을 맛볼 것이야."

창훈이 성큼성큼 달려갔다.

"으앙, 사람 살려, 사람 살려……."

재석은 눈을 꼭 감은 채 울기만 했다. 2분 정도 지나 살짝 눈을 뜬 재석 앞에는 창훈이 아직도 도깨비 얼굴을 하고 서 있었다.

"제, 제가 기절했나요?"

"아직."

"용서해 주세요. 뭐든지 할게요."

"뭐든지 하겠다고?"

"네……."

창훈은 영상을 불러 스마트폰을 받았다. 그러고는 촬영된 동영상을 재석에게 보여 주었다. 재석이 놀라서 엉엉 우는 장면이 고스란히 찍혀 있었다.

"눈에는 눈, 이에는 이! 너도 내 굴욕 동영상을 유튜브에 올렸으니 나도 이 동영상을 올려 주겠어. 조회 수가 꽤 나오겠는걸."

"안 돼요. 그 동영상이 올라가면 전 친구들에게 따돌림을 당할 거예요. 그리고 저도 동네 형이 시켜서 그런 거예요."

"변명 그만해. 이제 와서 누구 핑계를 대?"

"제가 올린 것이 아니에요. 동네 형이 올린 거예요."

"너도 한패인 것은 맞잖아. 동네 형을 도운 거고."

"정말 죄송해요. 어쩔 수 없었어요. 동영상을 찍지 않으면 돈을 가져오라고 했어요."

"거짓말, 네 말대로라면 양아치 동네 형들이랑 어울린 건 맞잖아."

"무서운 형들이랑 같이 다니면 친구들이 우리러 봤어요. 그랬는데……, 형들이 같이 다니려면 돈을 내라고 해서……. 죄송해요."

재석은 울먹이면서 고개를 연신 숙였다.

"닥쳐, 이제 그만해. 벌을 받아들이라고."

재석은 다시 울음을 터뜨렸다.

"으앙! 죄송해요. 정말이에요. 봐주세요. 엉엉."

재석이 연기를 하는 것 같지는 않았다. 창훈은 뒤돌아 소리쳤다.

"나와, 채수야."

느티나무 뒤에 숨어 있던 채수가 나왔다. 기절했다고 생각했던 채수가 멀쩡하게 걸어 나오자 눈물이 가득한 재석의 눈이 커졌다.

"좋아. 그건 나쁜 형들이 시켜서 했다고 치자. 하지만 재석이, 넌 정채수를 정재수라고 놀리면서 왕따시켰지? 너도 당해 봐야 해. 이 영상을 유튜브, 아니 너희 학교 홈페이지에 올려 주지."

"제발요. 저는 놀리지 않았어요. 그냥 옆에 있었을 뿐이에요."

"방관자도 나쁜 건 마찬가지라고!"

재석은 손등으로 눈물을 닦는 애타는 눈으로 채수를 보았다.

"채수야, 뭐라 말 좀 해 봐. 내가 나서서 놀리진 않았잖아."

채수가 쭈뼛거렸다. 창훈은 계속 재석을 다그쳤다.

"아니, 채수가 너에게 게임기 값 50만 원을 갚아야 한다며? 이 동영상을 유튜브에 올리면 조회 수가 꽤 나와서 돈을 갚을 수 있을 거야."

"아니요. 안 갚아도 돼요. 사실 그 게임기는 전자상가에서 15만 원에 산 거예요. 고치면 돼요. 수리비가 2만 원이었어요. 채수가 돈을 마련하면 형들에게 주고 영상은 찍지 않으려고 했어요."

그때였다. 본관 건물 뒤편에서 어슬렁거리며 남자들이 나왔다.

"어디서 이렇게 앵앵거리는 소리가 들리냐!"

남자들은 다섯. 모두 자신이 불량스럽다는 걸 광고하듯 껄렁거리며 걸어왔다. 고등학생처럼 보였지만 머리를 염색한 학생도 있었고, 담배를 문 학생도 있었다. 창훈이 재석에게 물었다.

"저놈들이 너한테 시킨 거야?"

"네, 이제 우린 죽었어요."

모두 잽싸게 영상의 뒤에 숨었다. 경호가 영상에게 속삭였다.

"영상아, 아무래도 도망가야겠다. 너도 고등학생 다섯 명은 무리지?"

영상은 대답 없이 주머니에서 손수건을 꺼내더니 오른손에 천천히 감았다. 전투 준비를 하는 것 같았다. 상대편 대장인 듯한 사람이 나와 욕설을 내뱉었다.

"이 새끼들이 그냥 동영상 좀 찍으려 했더니 매를 버는구나."

긴박한 상황에 경호가 영상의 귀에 대고 다급하게 속삭였다.

"영상아, 빨리 도망가자."

영상은 주먹을 점검하듯이 손수건을 감은 주먹을 쥐었다 폈다 했다.

"왕따를 시키는 놈들은 용서 못해."

영상은 나직하게 말한 후 다섯 남자의 앞으로 나갔다. 아무리 복싱을 익히고 있다고 해도 고등학교 양아치 다섯을 이길 수 있을까?

"너희가 재석이에게 돈을 뺏고, 굴욕 동영상을 찍게 한 놈들이냐?"

"이 새끼가 겁대가리를 상실했나? 우린 고딩이라고!"

"그래, 고딩이 초딩들 돈을 뺏다니 창피하지도 않냐?"

"누가 돈을 뺏어! 같이 어울리려면 돈을 내라는 거지. 그나저나 넌 뭔데 까불어!"

대장이 담배를 입에 물고 손가락을 꺾으며 두둑 소리를 냈다. 그때 재석이 일어서더니 둘 사이에 팔을 벌리며 끼어들었다.

"형들 죄송해요. 돈은 어떻게 마련해 볼게요. 과학 탐정 삼총사는 그냥 보내 주세요."

대장이 재석의 머리를 세게 밀쳤고, 재석은 힘없이 바닥에 쓰러졌다.

"넌 가만히 있어. 이따 손봐 줄 테니까."

쓰러진 재석을 보고 영상은 낮게 읊조렸다.

"봐줄 필요가 없는 놈들이군."

"너 뭐라고 지껄였냐?"

대장은 피우던 담배를 손가락으로 영상에게 팅겼다. 영상은 피하지 않고 재빠르게 왼손 잽으로 담뱃불을 튕겨 냈다. 불꽃이 영상의 주먹에서 흩어졌다. 그게 시작이었다. 경호의 걱정은 기우였다. 영상은 날아오는 다섯의 주먹을 위빙 기술로 잘도 피했다. 그리고 묵직한 주먹을 상대의 복부에 차례차례 꽂아 넣었다. 경호는 여차하면 도우러 나가려고 했는데 그럴 필요 없다는 걸 곧 깨달았다. 시간이 오래 걸리지 않았다. 어느새 다섯 악당은 바닥에 새우처럼 웅크리고 있었다. 영상의 입술에서도 피가 흘렀다.

"더 해 볼래?"

영상이 말하자 새우등을 한 남자들은 고개를 흔들었다.

"폭력은 폭력을 부를 뿐. 지금 당한 것은 그동안 악행에 대한 책임이라 생각하고 착하게 살길……. 다시는 보지 않길 바란다. 재석이와 채수 앞에도 얼쩡거리지 말고! 알았어?"

다섯 남자는 고개를 끄덕이고는 서로를 부축하며 교문을 나갔다. 영상은 주먹에서 손수건을 풀어 입술의 피를 닦았다. 갑자기 정적이 찾아왔다. 어색함에 창훈이 재석을 보며 말했다.

"재석아, 봤지? 우리 과학 탐정 삼총사의 록키전 님이야. 록키전이 있는 한 우리 과학 탐정 삼총사는 싸움에서도 무적이라고."

영상이 창훈에게 다가왔다.

"창훈아. 이제 그만해. 재석이가 잘못한 건 맞지만, 나쁜 형들 때문에 그랬잖아. 재석이 너 다시는 저 형들이랑 어울리면 안 된다."

재석은 고개를 연신 끄덕였다. 그 모습을 본 창훈이 채수를 불렀다.

"아이고, 영상이 너는 너무 물러 터졌어. 채수야, 네가 결정해. 재석이 어떡할까? 이렇게 게임기 가격까지 거짓말하는 놈을 어떡해야겠니?"

채수는 넘어져 있는 재석을 바라보다가 손을 내밀었다. 재석이 손을 맞잡자 일으켜 주고는 옷에 묻은 흙을 털어 주었다. 그리고 삼총사를 보았다.

"훈슈타인, 경록 홈스, 록키전. 오늘 도와주서서 고맙습니다. 재석이와 전 초등학교 들어오기 전부터 한동네에 사는 친구였어요. 동네 형 때문에 어쩔 수 없는 상황이었으니 삼총사 여러분도 재석이를 용서해 주세요."

채수의 말에 창훈이 혀를 찼다.

"저, 저런 순둥이 녀석."

경호는 재석에게 엄지를 올려 보였고, 영상은 말없이 고개를 끄덕였다. 재석은 눈시울이 다시 붉어졌다.

"채수야. 날 용서해 주는 거야?"

"친구끼리 용서가 어디 있어."

이제 곧 중학교를 졸업하고 고등학교에 진학할 삼총사는 잠시 초등학교 6학년 시절을 회상하며 추억에 젖었다. 굉장히 먼 옛날처럼 느껴졌다.

"오케이, 난 유튜버 과학 박사 훈슈타인. 이번에는 그냥 넘어가

지. 서로를 의지하고 우정을 잘 쌓도록 해라. 그럼 밤이
늦었으니 어서 집으로 돌아가."

채수와 재석은 깊이 머리를 숙여 인사하고는 어깨동무
를 하고 자유공원으로 걸어갔다. 그 모습을 눈으로 배웅
하고 창훈이 뒤돌아서 말했다.

"친구들, 수고했어. 그나저나 영상아, 입술에서 피가 나
는데 너 정말 괜찮니?"

그렇게 묻는 창훈의 얼굴은 물감이 번져 엉망이었다.

"니 얼굴이 더 볼만한데? 하하하."

경호가 창훈과 영상 사이로 들어와 어깨동무했다.

"친구들, 우리도 저 아이들처럼 오랜만에 어깨동무나
해 볼까?"

창훈과 영상도 경호의 어깨에 손을 올렸다.

"그나저나 사건을 해결했는데 동영상을 못 써먹겠네.
내일은 무엇으로 구독자를 늘린다냐?"

"뭐, 새로운 사건이 생기겠지."

2장

에어팟 도난 사건

한 달 후면 중학교 생활도 끝이다. 10월 말, 대한민국의 중학교 3학년 교실 분위기는 극과 극이다. 이미 진학할 고등학교가 정해진 학생들은 놀자 판이고, 특수 목적 고등학교에 진학할 학생들은 자기 자리에서 공부 중이다. 경호는 점심시간에도 열심히 참고서를 보는 예슬을 그저 멀리서 보고 있었다. 경호는 워낙 공부를 안 해서 과학고 1차 서류 전형에서 떨어졌다. 예슬만 합격하여 2차 심화 면접을 위해 저렇게 공부에 열중하는 것이다.

　경호는 요즘 예슬의 신경이 날카로워서 말도 못 붙이고 있었다. 창훈과 영상이 경호 옆으로 와서 빈 의자에 앉았다. 창훈이 안경을 닦으면서 말했다.

　"요즘 데이트는 하냐?"

　창훈의 말에 경호의 풀린 눈동자에 초점이 돌아왔다. 경호는 애써 목소리에 힘을 줬다.

"이 자식아, 예슬이는 지금 인생의 큰 갈림길에 있어. 과학고 면접 끝날 때까지 귀찮게 하지 않는 게 도와주는 거야."

창훈은 어려운 이야기를 하려는지 헛기침을 한번 했다.

"경호, 너 3반 이승헌 알지?"

"알지."

"일요일에 가족끼리 점심 먹으러 가다가 봤는데, 예슬이랑 승헌이랑 카페에서 사이좋게 있던데."

경호는 고개를 돌려 예슬을 보았다. 이승헌도 과학 고등학교 1차 전형에 합격해서 예슬과 같이 면접 공부를 하고 있었다. 학교에서만 하는 줄 알았는데 주말에도 같이 공부하는 모양이었다.

"창훈이 너도 둘이 과학고 면접 공부하는 거 알고 있잖아?"

"알지. 하지만 예슬이 얼굴에 미소가 가득했다고. 미소가. 가득."

경호는 다시 공부하는 예슬의 뒷모습을 보았다. 요즘 예슬의 웃음은커녕 목소리도 못 듣고 있었다. 경호는 괜히 목소리가 거칠어졌다.

"그래서 도대체 뭘 말하고 싶은 거야?"

"너 요즘 예슬이 웃는 거 봤냐? 요즘 너랑 예슬이랑 사이가……."

영상이 손바닥으로 창훈의 입을 막았다. 분위기 파악이란 없는 창훈의 입에서 무슨 말이 더 나올지 몰라서였다.

"경호야, 창훈이 말 신경 쓰지 마. 오늘은 나도 훈련이 없으니 우리 집에 가서 만화책이나 보자."

영상이 급하게 창훈의 입을 막았지만 경호의 눈은 예슬만 보고 있었다. 그러고는 무언가 결심했는지 자리에서 벌떡 일어났다.

"우리 사이가 변하지 않았음을 보여 주지."

경호는 호기롭게 말한 뒤, 공부에 열중하고 있는 예슬에게 다가갔다. 그러고는 창훈과 영상에게 똑바로 보라는 제스처를 취했다.

"예슬아."

예슬이 고개를 들었다.

"어, 경호야. 무슨 일 있어?"

"아니, 특별한 건 아니고 오늘 저녁에 뭐 해? 같이 떡볶이 먹으러 갈까?"

"미안, 오늘은 면접 공부 해야 해서."

떡볶이라면 무조건 오케이였던 예슬이가 거부하자 경호의 얼굴 근육이 뭉치기 시작했다. 이를 본 영상은 어서 돌아오라고 손을 흔들었다. 하지만 경호의 평소 여유롭던 모습은 이미 사라졌다.

"그럼 내일은?"

예슬이 한숨을 푹 내쉬었다.

"경호야. 나 면접 볼 때까지 이거 공부해야 하는 거 알잖아."

예슬은 어려운 물리학 책을 공부하고 있었다. 중학생이 이런 걸 공부해야 한다니 안쓰러운 마음이 생겼지만 지금은 서운함이 더 강하게 폭발했다.

"오늘 하루쯤 어때서 그래! 과학고가 나보다 더 중요하냐?"

"경호 너! 고작 그런 소리 하려고 왔냐?"

예슬이 눈을 가늘게 뜨고 째려봤다. 경호도 이러려고 한 것은 아닌데 저질러 버렸다. 다행히 구세주 영상이 재빨리 달려와 경호를 데리고 밖으로 나갔다. 창훈은 경호의 뒷모습을 보는 예슬에게 말했다.

"예슬아, 어서 공부해. 경호는 신경 쓰지 말고. 네가 3반 승헌이랑 매일 같이 다니니까 경호도 속상해서 그런 거야."

"정창훈! 빨리 나와!"

경호를 끌고 나가던 영상이 창훈에게 소리쳤다. 그렇게 삼총사가 밖으로 나가자 예슬은 보던 책에 다시 눈을 돌렸다. 교실의 누구도 눈치채지는 못했지만, 예슬의 눈동자는 흔들렸고 눈 근육이 미세하게 떨렸다.

오후가 되고 일과가 끝나 가고 있었다. 예슬은 금세 힘을 차렸는지 두꺼운 물리학 책에 고개를 파묻고 있었지만 반대로 경호의 힘은 싹 빠져나갔다. 경호는 어깨를 축 늘어뜨린 채 오후 내내 책상에 엎드려 예슬의 뒷모습과 창밖만 번갈아서 보고 있었다. 예슬이 가끔 뒤돌아 경호를 보았지만 경호는 왠지 눈을 맞추기가 어려워 슬쩍 피했다.

예슬에게 힘을 주지 못할망정 방해만 되었다. 수업을 마치고 사과하려고 마음먹었지만 상황은 이상하게 흘러갔다. 종례 시간 담임 선생님이 들어와 말했다.

"너희, 졸업하는 마지막까지 힘을 내야지. 요즘 나사가 하나씩은 풀려 있는 거 같아. 이제 고입 성적에 들어가지 않는다고 공부도 안 하고 말이야."

"입시 제도가 이런 걸 어쩌란 말이야?"

창훈이 바로 옆 사람만 들릴 정도로 볼멘소리를 했다.

"졸업 때까지 마음을 단단히 먹고. 오늘도 잘 마무리하자."

담임 선생님이 마음을 단단히 먹으라고 했지만, 아이들의 마음은 단단히 PC방에 가 있었다. 인사를 마치고 우루루 아이들이 몰려나갈 때, 담임 선생님이 갑자기 삼총사를 호출했다.

"삼총사는 잠시 나 좀 보자."

그 바람에 경호는 예슬에게 사과할 타이밍을 놓치게 되었다.

"예?"

"너희에게 상의할 일이 있어."

재촉하는 선생님 너머로 교실 앞문 밖에서 예슬이를 기다리는 3반 이승헌이 보였다. 요새 매일 보던 장면이었지만 경호는 괜히 부아가 일어나 선생님을 따라 휙 밖으로 나갔다. 예슬도 약간 머뭇거리긴 했지만, 경호의 매정한 기색을 보고는 말하기를 포기했다. 어깨를 짓누르는 큰 가방에 눌려 예슬의 어깨가 더욱 아래로 처져 보였다.

담임 선생님은 삼총사를 7반 교실로 데리고 갔다. 거기에는 담임 선생님과 단짝인 과학 교사 장선효 선생님과 7반의 한나리, 조예은이 있었다. 한나리는 울고 있었는지 눈이 빨갰고, 조예은은 한나리의 보디가드처럼 팔짱을 끼고 옆에 서 있었다. 나리는 전교에서 인기가 가장 많은 여학생 중 하나였다. 삼총사를 보고 과학 선생님이 말했다.

"그래, 너희가 사건을 그렇게 잘 해결한다면서?"

원래 경호가 나서야 했지만, 힘이 빠져 있는 모습을 본 창훈이 대신 앞으로 나섰다.

"네, 맞습니다. 저희는 과학 탐정 삼총사고 탐정 유튜브도 운영하고 있어요."

"그렇구나. 사실은 말이지, 여기 나리가 아까 5교시 체육 시간에 에어팟을 잃어버렸대."

에어팟은 요즘 유행하는 무선 이어폰으로 가격이 꽤 비쌌기 때문에 가지고 있는 학생이 드물었다. 창훈은 경호 대신 탐정 흉내를 내며 갑자기 팔짱을 끼고 말했다.

"아, 그렇군요. 잃어버린 건가요? 도난당한 건가요? 뭐, 우리를 불렀다는 것은 후자겠지만요."

과학 선생님은 나리를 보며 말했다.

"나리야, 네가 삼총사에게 다시 한번 당시 상황을 말해 줄래?"

나리는 들고 있는 손수건으로 눈물을 찍어 내고는 이야기를 시작했다. 상황은 이러했다. 나리는 최신형 에어팟을 샀다며 학교에 가지고 와서 학급 친구들한테 자랑을 했다. 5교시 체육 시간에 교실에 두면 도난당할까 봐 걱정스러워서 나리는 에어팟을 가지고 나가서 실내화 주머니에 넣어 두었다. 체육 시간에는 실내화 주머니를 스탠드에 모두 모아 두고 운동장에서 체육을 한다. 수업을 마치고 실내화 주머니를 확인한 나리는 에어팟이 없어진 것을 알았다. 나리의 절친 예은은 그 자리에서 소리쳐 반 아이들을 모았고, 그대로 교실로 들어가 담임 선생님인 과학 선생님을 불렀다. 마침 6교시가 과학 시간이라서 교실의 모든 곳과 책상을 검사했는데 에어팟은 나오지 않았다.

"그러니까 선생님께서 아이들의 가방 검사를 했다는 거죠?"

창훈은 별 뜻 없이 말했지만 선생님은 얼굴이 붉어졌다.

"나도 소지품 검사를 하고 싶지는 않았어. 다들 자기가 의심받았다고 불쾌해할 테니까. 근데 애들이 워낙 강력하게 이야기하니까 ……."

과학 선생님이 원망스러운 투로 말하자 예은이 갈라지는 목소리를 냈다.

"선생님, 진짜라고요. 나리와 제가 실내화 주머니를 잡자마자 에어팟이 없어진 것을 알았고, 즉시 소리쳐서 아이들을 모두 모았어요. 그런 다음 교실로 그대로 들어왔기 때문에 누군가 훔쳤다면 가지고 있었어야 해요."

"하지만 어디에서도 에어팟이 나오지 않았잖아. 나리 네가 어디 두고 착각한 거 아니야?"

선생님의 질책하는 듯한 말 때문에 나리의 울음소리는 더욱 커졌다. 예은이 나리의 어깨를 두 손으로 감싸더니 말했다.

"선생님, 너무하세요. 나리가 체육 시간에 가져간 걸 제가 확실히 봤어요."

과학 선생님은 머리가 아픈지 두 손으로 관자놀이를 눌렀다. 귀신이 곡할 노릇이었다. 다들 난감해하고 있을 때, 삼총사의 담임 선생님이 경호의 어깨에 손을 올렸다.

"경호야. 넌 왜 이렇게 아무 말 않고 있어? 추리는 네 전문 아니야? 뭔가 생각나는 것 없어?"

선생님의 말에도 경호는 어깨를 축 늘어뜨리고 있을 뿐이었다. 눈치 없는 창훈이 선생님 귀에 대고 작게 속삭였다.

"요즘 예슬이와 사이가 좋지 않아요. 예슬이가 면접 공부한다고 3반의 훈남 이승헌이랑 붙어 다니거든요."

창훈은 작게 이야기했지만 경호 귀에도 고스란히 들렸다. 경호는 모든 것이 짜증났다.

"야, 정창훈! 쓸데없는 소리 하지 말고, 사건을 해결하라고!"

"알았어, 알았어. 아엠쏘리."

경호는 앉아 있던 의자에서 벌떡 일어섰다. 연애는 연애, 사건은 사건이다. 일단 눈앞의 사건부터 해결하자고 마음을 먹었다. 경호는 과학 선생님에게 가서 말했다.

"일단 과학적 탐구 방법으로 차분히 생각해 봐야 할 것 같아요. 먼저 나리와 예은을 집으로 보내세요. 계속 잡아 둘 수는 없잖아요."

경호가 과학 교사에게 과학적 탐구 방법이라는 다소 주제 넘는 말을 했지만 선생님도 아까부터 머리가 지끈지끈 아파서 경호에게 희망을 걸고 싶었다.

"그래, 경호 말대로 나리와 예은이는 일단 집으로 가자. 더 늦는다면 부모님도 걱정하실 테니까."

경호의 눈은 어느새 생기로 가득 차 있었다. 지난 졸업 여행 때 의문의 섬에서 사건을 해결하던 그 눈동자였다.

"영상아, 네가 둘을 학교 앞 길 건너까지 데려다주고 와."

영상은 굳이 왜 그러나 싶었지만, 경호의 판단을 믿기로 했다.

"좋아."

영상이 두 친구와 함께 나가자 경호는 과학 선생님에게 말했다.

"쌤! 범인을 잡고 싶으세요? 에어팟만 찾고 싶으세요?"

"네가 범인을 알고 있다는 거야?"

"아니요. 잡을 수도 있다는 것이죠. 다들 서 있지만 말고, 창가로 와서 앉으세요."

경호의 말대로 두 선생님과 창훈이 창가 자리에 앉았다. 경호는 그 앞에서 강의를 하는 것처럼 서성거리며 말했다.

"자, 지금부터 과학적 탐구 방법으로 사건을 들여다보겠습니다. 과학 쌤, 과학적 탐구 방법의 순서가 어떻게 되죠?"

"그건 왜?"

"선생님께서 수업 시간에 모든 문제 상황을 과학적 탐구 방법으로 해결하라고 했던 것 같은데요?"

"그건……. 알았다. 순서는 문제 인식, 가설 설정, 탐구 설계 및 수행, 자료 해석, 결론 도출이야."

"좋습니다. 그럼 먼저 문제 인식. 제가 문제를 한번 정리해 보겠습니다. 한나리는 고가의 최신형 에어팟을 가지고 와서 교실에서 자랑했습니다. 누구든 탐이 나겠죠. 그래서 도난을 걱정한 한나리는 체육 시간에 에어팟을 가지고 나가 실내화 주머니에 넣어 두었는데 수업을 마치자 감쪽같이 사라졌습니다. 에어팟이 없어진 것을 알아챈 한나리와 조예은은 즉시 아이들을 모아서 교실로 들어왔습니다. 교실에 들어오면서 어디에 숨길 여유가 없었다는 겁니다."

두 선생님과 창훈은 수업 받는 학생마냥 고개를 끄덕였다.

"그리고 과학 쌤은 6교시 수업 시간에 교실과 소지품 검사를 실시했는데 에어팟은 나오지 않았습니다. 선생님, 맞나요?"

"그래. 내가 아이들의 원성을 들으면서도 샅샅이 뒤졌는데 에어팟은 없었어."

"좋아요. 그럼 문제 인식은 이렇게 정리하죠. 도대체 에어팟은 어디로 사라졌을까요?"

경호는 창문 앞으로 가서 밖을 내다보며 조용히 말했다.

"다음은 가설 설정. 그럼 지금까지 정리했던 말들이 모두 사실이라는 가정을 한다면, 두 가지 가설을 세울 수 있습니다."

경호는 손가락을 하나 빼어 들었다. 긴장감이 점차 고조되었다.

"첫째, 자작극!"

"으잉?"

"맞습니다. 선생님. 한나리와 조예은의 자작극이죠. 선생님은 두 사람의 소지품 검사를 했나요?"

과학 선생님은 의미심장하게 고개를 끄덕이며 말했다.

"정확하게는 가방 검사만 했지. 주머니까지 검사는 안 했어."

창훈이 손을 들고 질문했다.

"자작극일 수 있다는 건 이해했어. 그런데 왜 그런 일을 하겠어?"

"몰라. 이유는 알 수 없지. 지금 이유는 중요하지 않아."

창훈은 알겠다는 듯 고개를 끄덕였다. 그때 담임 선생님이 반박 의견을 냈다.

"경호 네 말이 맞다 치자. 자신들도 몸수색을 당할지도 모르는데 몸에 지닐 생각을 했을까?"

경호는 담임 선생님에게 꾸벅 고개를 숙였다.

"그렇죠. 아마 자작극 가설이 맞더라도 당시 몸에는 지니고 있지 않았을 겁니다."

"좋아, 그럼 에어팟은 어디 있지?"

선생님의 말에 경호는 두 손가락을 들어 보였다.

"가설 둘째! 진짜 도난설! 최신형 에어팟을 탐낸 누군가 훔친 것입니다. 두 가설 모두 누군가 에어팟을 실내화 주머니에서 꺼내 숨긴 것이죠."

과학 선생님이 다시 의견을 냈다.

"아까 네가 정리했듯이 한나리가 체육 수업을 마치는 즉시 아이들을 모아서 교실로 들어왔잖아. 누가 꺼내서 숨기는 것은 말도 안 된다고."

"과학적 탐구 방법 다음 단계. 탐구 설계 및 수행."

경호는 아랑곳하지 않는 표정으로 말하더니 탐정처럼 팔짱을 끼고는 다시 창밖 운동장을 내다봤다.

"선생님, 우리는 수업을 마치고 훔친다는 탐구 설계가 틀렸다는 것을 이미 증명을 통해 알고 있습니다. 생각해 보세요. 과연 에어팟을 훔칠 시간이 수업을 마치고 들어올 때뿐일까요?"

창훈이 생각났는지 책상을 손바닥으로 내리쳤다.

"알았다. 수업을 마치고가 아니라면 수업 중이야."

"훈슈타인 정답! 그럼 범인은 스탠드에 모여 있는 실내화 주머니로 언제 접근할 수 있었을까?"

경호는 손가락으로 창훈을 가리켰다. 대답을 하라는 의미였다.

"크크크, 알겠다."

창훈은 의자에서 일어나 앞으로 걸어 나왔다.

"선생님들, 우리는 체육 수업 중에 목이 마르면 음수대로 가서 물을 마셔요. 음수대로 가려면 스탠드를 지나서 건물 입구에 있는 음수대로 와야 하죠. 범인은 물 마시러 가는 척 스탠드를 지나면서 에어팟을 슬쩍한 겁니다."

경호가 창훈의 어깨에 손을 올렸다.

"잘했어, 훈슈타인! 이제 범위를 많이 좁혔다네."

담임 선생님이 난감하다는 표정을 지었다.

"경호야, 창훈아, 그렇다면 말이다. 물 먹으러 오는 척 에어팟을 가지고 건물 안으로 들어와 숨길 수 있지 않을까?"

과학 선생님과 창훈의 표정도 일그러졌다. 그렇다면 에어팟을 찾지 못할 것이다. 하지만 경호의 눈빛은 평온했다.

"그랬다면 더 간단합니다. 건물 안에는 입구를 비롯해서 곳곳에 CCTV가 있어요. 체육 시간은 45분뿐이에요. 건물에 들어온 학생이 있다면 그 학생이 간 곳을 CCTV로 확인하면 됩니다. 화장실에 갔다면 화장실을 뒤져서 에어팟을 찾으면 되는 거죠."

과학 선생님은 경호의 추리에 손뼉을 치며 일어섰다.

"그럼 당장 숙직실로 가자! 가서 직접 확인해 보자고!"

당장 교실을 나가려는 과학 선생님을 경호가 말렸다.

"선생님, 잠시만요. 과학적 탐구 방법은 아직 끝나지 않았답니다."

"무슨 소리야?"

"제가 범인이라도 그렇게는 안 했을 것 같아요. 도둑질은 사람을 엄청 긴장하게 만듭니다. 창훈아, 그 신경 뭐지?"

"교감 신경. 노르에피네프린이 엄청난 긴장 상태로 만들지."

"선생님, 제가 범인이라면 에어팟을 가지고 건물까지 들어오기는 너무 부담스러워 빨리 어딘가 숨기고 싶을 겁니다. 그곳은 어디일까요? 모두 일어서서 창가로 와 보세요."

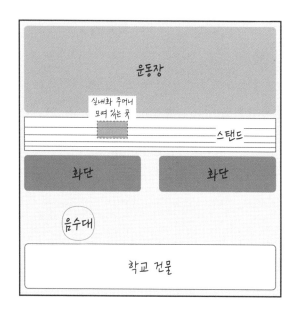

경호는 손가락으로 운동장을 가리키며 설명했다.

"운동장에서 체육 쌤에게 물을 마신다고 하고는 음수대로 가기위해 스탠드를 지납니다. 그때 한나리의 실내화 주머니에 손을 넣어 재빨리 에어팟을 빼죠. 그리고 눈향나무가 빽빽한 화단 사이 길을 걸어 음수대로 가야 합니다."

경호의 설명에 따라 두 선생님과 창훈의 시선이 차례차례 이동했다. 창훈의 교감 신경이 작동하는지 동공이 확대되었다. 창훈은 두 손을 들고 만세를 불렀다.

"유레카! 화단이야. 화단!"

"나도 동감이야. 스탠드와 음수대 사이 화단일 확률이 90퍼센트 이상이야!"

"역시 명탐정 경록 홈스! 그래서 영상이에게 한나리와 조예은을 데려다주라고 한 거구나. 만약 자작극이라면 영상이가 곁에 있으니까 숨겨 둔 에어팟을 바로 찾으러 가지 못했을 거야."

"과학 쌤, 먼저 화단을 찾아보고, 거기에도 없으면 실내 CCTV를 보면 될 거예요."

"그래. 잘했다. 하지만 화단이 넓고 빽빽한데 작은 에어팟을 어떻게 찾는담."

경호는 손가락으로 자신의 관자놀이를 톡톡 쳤다.

"창훈아, 저번에 졸업 여행 때 말이야, 전자기 하트 만든 거, 그거 원리가 뭐였지?"

"자기장 안에서 전류가 흐를 때 힘이 생성되는 전동기의 원리였 잖아. 그게 지금 무슨 상관인데?"

"음……. 나도 이제 과학 공부 좀 해야겠다. 결정적일 때 멋있게 보이려고 해도 지식이 없으니……. 과학 쌤. 제가 자세히는 기억나지 않지만 전자기 유도 현상을 배울 때, 선생님께서 그 활용 기기라면서 금속 탐지기를 가져오셨었는데요."

"그렇지! 금속 탐지기! 화단으로 나가서 기다리고 있어. 찾아서 가지고 갈게."

과학 선생님은 재빨리 교실 밖으로 나갔고 담임 선생님이 경호의 머리를 쓰다듬었다.

"경호야, 잘했다. 우리 밖으로 나가자."

"네."

창훈이 교실 밖으로 나가면서 과학 강의를 시작했다.

"경호야. 가는 동안 내가 전자기 유도 현상을 설명해 줄게. 위대한 과학자 패러데이 님께서는 자석을 코일에 가까이 가져가면 코일에 전류가 흐르는 것을 발견하셨어."

"기억나. 자석이 셀수록, 코일을 감은 횟수가 많을수록, 자석을 빨리 움직일수록 유도 전류의 세기가 커지지?"

"네가 웬일로 그걸 기억하냐? 그럼 자기력선이 뭔지도 알아?"

"나 그냥 탐정도 아니고 과학 탐정이야. 자기력선은 자기장의 크기와 방향을 나타내는 선을 말하지."

"좋아, 잘 따라오고 있어. 좀 더 과학적으로 말하자면 패러데이 님은 코일에서 자기력선의 수의 변화를 방해하는 방향으로 자기장이 생성되고, 그 자기장을 만들기 위해 유도 전류가 생성된다고 했지."

"오케이. 그러니까 금속 탐지기에서는 지속적으로 자기장을 발생시키고, 금속이 있다면 유도 전류가 발생하니까 찾아낼 수 있다는 원리지?"

"뭐, 대충 그렇지. 버스 카드나 도난 방지기, 심지어 우리가 찾고 있는 에어팟도 모두 전자기 유도 현상을 이용하는 거야. 스마트폰 무선 충전기도 생겼잖아. 가까운 미래에 모든 전자제품의 선이 사라질 거야. 모두 전자기 유도 현상 덕이지."

셋은 이야기 나누며 화단에 도착했고, 과학 선생님도 한 손에 금속 탐지기를 들고 뛰어왔다. 과학 선생님은 금속 탐지기를 켜고 빽빽한 눈향나무 화단 위를 훑었다.

빽.

탐지기에서 바로 소리가 났다. 과학 선생님은 소리가 들린 눈향나무 주변을 살살 헤쳐 살피다가 손을 넣어 무언가 꺼냈다.

"500원짜리야."

과학 선생님은 동전을 경호에게 건네더니 다시 화단을 훑었다. 잠시 후 다시 탐지기가 울렸다.

"누가 여기다 가위를 버렸어."

다음은 못, 그다음은 철사. 과학 선생님은 수색의 범위를 점점 넓혔다.

빽.

기대가 무너지려는 찰나, 선생님이 손으로 젖힌 나뭇가지 사이로 흰색 케이스가 보였다.

"드디어 찾았다."

과학 선생님은 나무 사이에서 에어팟 케이스를 꺼내 들고 경호를 안았다.

"역시 괜히 과학 탐정이 아니구나. 잘했다, 잘했어."

"아이고, 선생님 아파요. 과학적 탐구 방법 중에서 자료 해석이 마무리되었네요."

담임 선생님도 덩달아 창훈을 안았다.

"역시 과학 탐정 삼총사야. 창훈이도 잘했다."

"아이고, 선생님들 끝난 게 아니에요. 결론 도출 즉, 범인을 잡아야죠."

과학 선생님은 범인이라는 말에 경호를 보았다.

"그렇지. 범인은 누구야?"

"그건 모릅니다. 하지만 범인은 이 에어팟을 가지러 다시 올 겁니다. 오늘 밤 숨어서 지키고 있으면 범인을 잡을 수 있을 거예요."

"그렇구나. 정말 고맙다. 이제 다음 일은 선생님에게 맡기고, 너희는 오늘 있었던 일을 비밀로 해 줘. 결론 도출은 선생님이 알아서 할게. 알았지?"

경호와 창훈은 고개를 끄덕였다. 사건이 해결되자 경호의 어깨가 다시 푹 가라앉았다. 다시 예슬이 걱정으로 돌아간 것이다. 표정이 어두워진 경호를 본 담임 선생님이 말했다.

"민경호. 사건을 이렇게 명쾌하게 해결했는데 왜 축 처졌어?"

"선생님. 과학고 면접은 언제인가요?"

"면접은 다음 주야. 예슬이랑 못 만나서 그래? 면접이 끝나면 다시 즐거운 시간을 보낼 수 있잖아."

경호는 고개를 숙이고 발로 작은 돌멩이를 톡 찼다.

"저랑 3반 이승헌이랑 비교가 되겠어요? 과학고 커플, 얼마나 잘 어울립니까?"

담임 선생님은 손으로 경호의 등짝을 쳤다. 엄마의 스매싱에는 미치지 못했지만 따끔했다.

"안 되겠다. 이번 주 주말에 선생님 시골집에 내려갈 건데 정신교육을 위해 삼총사 모두 같이 가자."

담임 선생님의 말에 창훈이 펄쩍 뛰었다.

"야호! 정말로 시골집에 우리 삼총사를 데리고 가실 건가요?"

"그렇다니까."

마침 두 여학생을 데려다준 영상이 돌아왔다. 창훈이 달려가 말했다.

"영상아, 선생님이 우리 삼총사를 시골집에 초대하셨어. 너 이번 주말에는 훈련이 없는 거지?"

"그렇긴 하지. 근데 사건은 해결했어?"

"경호가 해결했어. 그런데 사건이 끝나자마자 저렇게 또 풀이 죽었어. 예슬이를 이승헌한테 뺏길까 봐 걱정……."

영상이 다시 창훈의 입을 막았다.

"가자, 경호야. 선생님 시골집에 가 보자. 재밌겠지?"

경호는 힘없이 고개를 끄덕였다.

다음 날, 경호는 교실에서 예슬이 등교하기를 기다리고 있었다. 그때 옆반의 한나리가 6반 교실에 등장했다. 나리는 경호가 앉아 있는 책상으로 다가왔다.

"경호야. 어제 내가 잃어버린 에어팟을 네가 찾았다면서?"

학교 최고의 인기 여학생이 경호를 찾아오자 남학생들이 둘의 주변으로 모여들었다.

"그, 그렇지."

과학 선생님이 범인을 어떻게 처리했는지 모르겠지만, 나리에게

는 그냥 찾았다고만 했나보다. 그
보다 예슬이 등교할 시간인데
이러면 정말 곤란했다.

"답례로 나랑 떡볶이 먹으러
가지 않을래?"

"오오오!" 아이들이 부러운 듯
웅성거렸다. 그 사이를 비집고
끼어든 창훈이 말했다.

"한나리 양, 에어팟을 찾는 데 나도 일조했다고."

나리는 창훈을 바라보더니 옆에 서 있는 영상한테 말했다.

"너희는 삼총사라며? 같이 가자, 내가 시원하게 쏠게."

창훈은 좋아서 웃음을 감추지 못했다.

"오케, 가자. 떡볶이는 역시 KK떡볶이가 최고겠지."

영상은 어깨를 으쓱하고 경호를 보았다. 경호의 의견을 따르겠
다는 뜻이었다. 경호는 예슬이 생각났지만 어차피 예슬은 수업이
끝나면 과학고 면접 준비를 해야 하니 그래도 될 것 같았다.

"좋아. 삼총사 모두 가는 거야."

경호의 대답에 나리는 씨익 웃었다.

"이따 수업 마치고 복도 앞에서 봐."

나리가 움직이자 둘러싸고 있던 남학생 무리가 쫘악 갈라졌다.
그때 경호를 매섭게 바라보는 예슬이가 눈에 들어왔다. 남학생들

이 둘러싸고 있어서 경호는 예슬이 온 것을 미처 몰랐다. 진퇴양난이었다. 예슬아, 아니야, 오해야. 내가 좋아서 가는 게 아니야! 경호는 마음속으로 되뇌었다. 예슬은 경호에게 눈을 흘기더니 메고 있던 가방을 책상 위에 쾅 소리가 나게 내려놨다. 그때 담임 선생님이 조례를 위해 교실로 들어왔고, 경호와 예슬 사이의 보이지 않는 장벽은 한층 높아졌다.

3장

검정 닭
실종 사건

"하이, 헬로, 안녕? 과학 탐정 삼총사 TV에 오신 것을 환영합니다."

경호와 창훈이 힘차게 인사했다. 영상을 맡은 영상은 혼자 섀도복싱을 했다.

"여러분, 우리의 보디가드 록키전에게도 박수 부탁드립니다. 록키전은 지금 영상을 촬영하고 있습니다. 많이 기다리셨죠, 저는 과학 탐정 경록 홈스입니다."

"반갑습니다. 과학 박사 훈슈타인이에요. 사이언 키즈들 많이 기다리셨나요? 오늘은 경록 홈스가 컨디션이 별로 좋지 않아요. 그래서 저 훈슈타인이 특별히 과학 실험을 해 보려고 합니다. 여러분도 평소 궁금한 과학 실험이 있었다면 댓글을 남겨 주세요."

경호가 창훈의 말을 받았다.

"여러분, 지난번 의뢰받은 효자 정재수 사건은 우리 과학 탐정 삼총사가 깨끗하게 해결했다는 소식을 알립니다. 나쁜 형들이 초등생 두 명을 협박하여 귀신 동영상을 찍게 만든 사건이었어요. 덕분에 저희의 굴욕 동영상이 유튜브에 올라가서 여러분께 큰 웃음 드렸지요. 아무튼 우리의 보디가드 록키전이 나쁜 형들을 혼내 주고 해결했음을 알립니다."

창훈의 굴욕 동영상 덕이긴 했지만 이제 실시간 구독자가 20여 명으로 늘었고, 댓글도 달리기 시작했다.

- 삼총사 님들 안녕하세요. 저 채수예요. 지금 재석이랑 같이 보고 있어요.
- 록키전 얼굴을 공개하라!
- 경록 홈스님, 컨디션이 왜 좋지 않나요?
- 오늘은 어떤 헛소리를 하실 거죠?

테이블 한쪽에 있는 모니터에서 실시간 댓글을 확인하며 창훈이 말했다.

"채수야, 재석아 반갑다. 록키전은 우리의 히든카드 같은 존재로 얼굴 공개는 힘듭니다. 이해해 주시고요. 경록 홈스님은 사랑병을 앓고 있으니 이해……."

경호가 몸으로 창훈을 슬쩍 밀어 말을 끊었다.

"훈슈타인, 그 이야기는 그만하시죠."

"으흠, 죄송합니다. 그리고 저희는 여러분의 긍정적인 댓글이 필요합니다. 장난이나 인신공격은 자제해 주세요."

"좋습니다. 그럼 훈슈타인, 오늘 어떤 실험을 보여 주실 거죠?"

창훈은 여러 색의 레이저 포인터를 들어 테이블 위를 이리저리 비춰 보았다. 빨간색, 초록색 빛이 긴 막대 모양으로 이리저리 움직였다.

"오늘은 빛에 대해 알려 드리겠습니다. 제가 지금 레이저 포인터를 선보였는데요. 레이저도 일종의 빛입니다. 마치 영화 〈스타워즈〉의 광선 검처럼 보이는데요. 이처럼 빛은 직진하는 성질이 있습니다. 그래서 물체에 빛을 비추면 통과하지 못해서 뒤에 그림자가 생기는 것입니다."

"아아, 직진! 그 외에 다른 성질도 있나요?"

주인공이 된 창훈이 신이 나서 말을 이었다.

"두 번째! 빛은 반사의 성질이 있어요. 저번에 얼핏 말했지만 우리가 볼 수 있는 것도 물체에서 반사된 빛이 우리 눈으로 들어오기 때문이죠. 거울은 빛을 잘 반사시켜 사물을 깨끗하게 볼 수 있게 해 주는 것입니다."

다음으로 창훈은 테이블에 있던 돋보기를 들어 올려 눈에 가져다 댔다. 창훈의 눈이 왕방울처럼 확대되어 보였다. 경호가 과도한 리액션을 했다.

"오 마이 갓! 눈이 튀어나오려고 해요."

"여러분, 세 번째로 빛은 굴절이라는 재미있는 성질이 있습니다. 제 눈에 돋보기를 대서 눈이 크게 보인 겁니다. 초등학생 여러분에 게는 어려운 이야기가 되겠지만, 빛이 어떤 물질을 통과하거나 반사할 때의 굴절률이 달라서 빛의 경로가 달라지거든요. 그럼 경록 홈스, 준비된 실험을 시작하시죠."

경호는 물이 가득 들어 있는 수조를 화면 앞으로 가져왔다. 거기에 주황색 빨대를 천천히 넣었다. 빨대는 수면을 경계로 위로 구부러져 보였다.

영상은 컵의 빨대를 클로즈업해 촬영했고, 창훈은 설명을 이어갔다.

"물과 공기의 경계에서 빛의 굴절이 일어나 빨대의 모습이 왜곡되어 보이고 있어요. 여러분들, 욕조에 들어가 자신의 다리를 보면 어떻게 보이나요?"

창훈은 손을 귀에 대고 대답을 요구하는 제스처를 취했다. 그리고 과장된 박수.

"맞아요. 짧게 보이죠? 그것도 바로 빛의 굴절 때문입니다."

경호가 화면을 전환해 자료 사진을 띄웠고, 창훈이 설명했다.

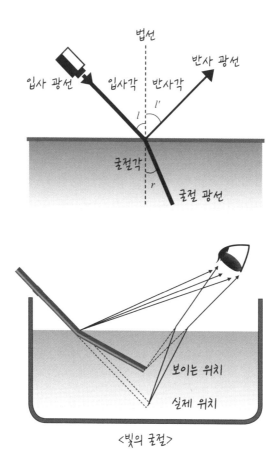

<빛의 굴절>

　"여러분, 첫 번째 그림을 보세요. 빛이 물에 입사◆되고 반사되는 데요. 이때 물과 수직인 선을 법선이라고 해요. 이걸 기준으로 빛이 입사되고 반사되는 각도를 측정할 수 있는데, 각각 입사각과 반사

◆ 하나의 매질(媒質) 속을 지나가는 소리나 빛의 파동이 다른 매질의 경계면에 이르는 일.

각이라고 하죠. 이 둘의 비율은 어떨까요?"

창훈은 대답을 기다리는 듯 잠시 뜸을 들였다. 그러고는 손가락을 튕겨 딱 소리를 냈다.

"맞습니다. 입사각과 반사각의 값은 정확히 같습니다. 하지만 빛의 일부는 반사되지 않고 물속으로 들어가는데 수면을 경계로 입사각보다 작게 굴절되죠. 입사각보다 굴절각이 작습니다. 그런데 두번째 그림처럼, 우리 눈에는 빛이 직진되어 들어오는 것처럼 보이기 때문에 물체가 위로 떠 보이는 것입니다. 여러분, 물속에서 다리가 왜 짧아 보이는지 이해 가시죠?"

다시 화면이 전환되어 창훈과 경호가 나왔다. 창훈은 노란빛 액체가 가득 들어 있는 수조를 앞으로 끌어왔다.

"여러분, 그럼 문제 들어갑니다. 여기 수조에는 식용유가 가득들어 있습니다. 여기에 유리컵을 넣으면 어떻게 될까요?"

창훈은 유리컵을 들고 넣을까 말까 하며 호들갑을 떨었다.

"경록 홈스, 어떻게 될 것 같나요?"

"뭐, 저야 추리가 전문이라 전혀 예측을 못하겠어요."

"기대하시라. 놀라운 일이 벌어질 겁니다."

창훈은 유리컵을 식용유에 천천히 넣었다. 거짓말처럼, 식용유에 녹아 버린 듯이 유리컵이 사라졌다.

"짜잔!"

짝짝짝! 경호가 옆에서 물개 박수를 쳤다. 신이 난 창훈의 설명이 이어졌다.

"여러분, 유리컵이 사라졌습니다. 놀라셨죠? 하지만 이건 마술이 아닙니다. 식용유와 유리병은 빛의 굴절률이 같아요. 그래서 보이지 않는 것입니다. 마술이 아니라 바로 과학이죠."

창훈은 다시 식용유 속의 유리컵을 꺼내 바닥에 내려놓고는 댓글을 살폈다.

> 🔘 오, 신기하네요.
> 🔘 수준이 별로 높진 않네. 빛의 회절과 간섭 현상도 설명해야지.
> 🔘 투명인간도 가능한 거 아니야?

"댓글에서 회절과 간섭 현상을 말씀하셨는데, 그건 너무 어렵답니다. 우리 사이언 키즈의 수준에서는 설명을 생략하겠습니다."

경호가 댓글을 받아서 창훈에게 질문했다.

"훈슈타인, 정말 이 성질을 이용하면 투명인간도 가능할까요?"

"당연하죠. 본다는 것은 물체에 반사된 빛이 우리 눈에 들어오는 겁니다. 볼록렌즈, 오목렌즈를 적절히 이용하면 가능합니다. 벌써 이런 클로킹(cloaking) 기술이 많이 연구되고 있죠."

"오! 역시 과학은 신기하네요."

창훈이 거만한 표정으로 손가락을 앞으로 뻗었다.

"과학은 이렇게 대단한 학문입니다. 사이언 키즈 여러분도 열심히 공부하세요. 궁금한 점이 있으면 댓글 남겨 주세요. 그리고 구독과 좋아요도 눌러 주십시오. 저는 과학 박사 훈슈타인이었습니다."

"저는 모든 사건을 해결하는 과학 탐정 경록 홈스, 촬영은 록키전이었습니다. 그럼 바이!"

경호는 촬영이 끝나자마자 어깨가 축 가라앉았다.

"예슬은 최종 면접을 잘 봤을까? 어제 오후에 과학고 실사단이 학교에 왔잖아."

"궁금하면 전화 한번 해 보든가?"

영상이 촬영용 카메라를 조작하면서 대꾸했다.

"그런데 요즘 계속 오해가 쌓여 서로 연락을 안 한 지 일주일이 넘었어."

창훈이 실험 도구를 정리하며 말했다.

"그런데 에어팟 사건 이후 한나리가 경호에게 관심이 있는 것 같지 않냐?"

영상이 카메라 조작을 멈추고 말했다.

"음……. 나도 느꼈어. 떡볶이 먹고 나서부터 계속 우리 주변에 나타나잖아."

창훈이 경호의 어깨에 손을 올렸다.

"이런 우유부단한 녀석이 뭐가 좋다고."

떡볶이를 먹을 때 전화번호를 교환했는데, 그 이후 나리는 경호의 SNS에 자주 댓글을 남기고, 카카오톡 메시지를 보내곤 했다.

"쓸데없는 소리들 하지 마. 담임쌤이랑 12시에 만나기로 했었나?"

오늘은 담임 선생님의 초대로 충청남도 서산 고향 집에 가기로 한 날이었다. 1박 2일의 시골 여행이다. 경호는 뒤숭숭한 마음을 자연에서 가라앉히기로 했다.

학교에서 만나 담임 선생님의 승용차를 타고 출발했다. 고향 집은 인천에서 서해안 고속도로를 타고 두 시간 거리에 있었다.

고속도로에 접어들었을 때, 경호가 담임 선생님에게 물었다.

"선생님, 어제 예슬이는 면접 잘했나요?"

"음. 잘 못 봤나 봐. 면접 끝나고 울더라."

자신이 예슬이 마음을 어지럽혔던 것 같아 경호는 자책감이 들었다. 경호의 표정을 읽었는지 담임 선생님이 위로했다.

"네 탓이 아니야. 과학고 입시는 보통 어려운 게 아니거든."

"그렇겠죠. 그럼 이승헌은 잘 봤나요?"

"뭐, 괜찮게 본 것 같더구나."

경호는 창문으로 스쳐지나가는 경치를 보았다. 1박 2일 여행을 마치고, 예슬과 진지하게 이야기를 해 보기로 마음먹었다. 그때 스마트폰으로 유튜브 동영상을 보던 창훈이 소리쳤다.

"선생님! 댁이 서산의 시골이라고 했죠?"

"그렇단다."

"그럼 B초등학교를 아세요?"

"우리 옆 동네야. 고개 하나 넘어서 4km 정도 떨어져 있어."

"역시! 얘들아, 이거 봐 봐. 유튜브 댓글에 사건 의뢰가 들어왔어."

삼총사는 뒷자리에 모여 댓글을 살폈다. 채수의 댓글이 먼저 보였다.

> 🧑 과학 탐정 삼총사! 채수예요. 역시 훈슈타인 과학 실험은 재미있네요. 약간 오버하는 것만 빼면요.^^; 과학 탐정 삼총사 TV 시청자 여러분, 제가 정재수 동상 사건의 주인공 정채수입니다. 삼총사 덕분에 문제가 해결되고 친구랑 다시 친해졌습니다. 과학 탐정 삼총사 최고! 과학 최고!

채수가 확실히 밝아진 것 같아서 마음이 놓였다. 영상이 댓글을 보며 말했다.

"근데 사건 의뢰는 어디 있는데?"

"여기 있잖아."

창훈이 손가락으로 긴 댓글 하나를 가리켰다.

> 🧑 과학 탐정 삼총사, 정재수 동상 사건을 해결했다고 하는데, 우리 사건도 해결해 주세요. 우리 학교는 충청남도 서산에 있는 B초등학교입니다. 전교생이 40명 정도인 작은 학교예요. 저는 6학년이고요. 6학년 학생은 남자 네 명, 여자 네 명, 합해서 여덟 명이에

요. 저희는 학교 운동장 한쪽에서 동물을 기르고 있답니다. 남자들은 검정 닭을 키우고, 여자들은 고양이를 길러요. 남자들이 검정 닭을 잘 키워 병아리도 부화하고 점점 수가 늘어났답니다. 그런데 지난 10월, 그러니까 한 달 전쯤 어린 검정 닭 한 마리가 없어졌어요. 조사해 본 결과, 범인은 바로 여자애들이 키우는 고양이였어요. 우리가 고양이 우리에서 증거를 찾았거든요. 바로 닭뼈예요. 여자들이 키우는 도둑고양이가 우리 검정 닭을 잡아먹었다는 증거가 아니겠어요? 이렇게 증거도 있는데 여자애들은 아니라고 우겨요. 도둑고양이를 가만히 놔두면 언제 또 닭장에 들어와 검정 닭을 잡아먹을지 모릅니다. 여자들은 아니라고 우기기만 하는데 과학 탐정 삼총사께서 도와주세요.

사건 의뢰 댓글 밑에는 또다시 댓글이 달려 있었다. 고양이를 키우는 여학생인 것 같았다.

- 🙍 우리 고양이는 절대 그럴 리가 없어요. 남자애들이 가지고 있는 뼈는 증거가 될 수 없어요. 어떤 동물 뼈인지 알 게 뭐예요. 삼총사께서 과학적으로 분석해 주세요. 그리고 왜 우리 고양이가 도둑고양이냐, 그럼 너네 닭은 도둑닭이야?
- 🙍 증거를 내밀어도 이래요. 여자애들은 우기기 대마왕이에요. 멀지만 어서 와서 판결을 내려 주세요.

🐔 흠. 도대체 닭이 뭐가 좋다고. 하긴 자기들 닮은 조류를 선택했겠지만.

🐔 뭐? 우리 검정 닭을 무시해? 고양이같이 사나운 것들이.

🐔 이 닭대가리들아.

🐔 !@#$%^&

삼총사의 유튜브가 쌈박질 장소가 되어 있었다. 가만 놔두었다가는 실제로 싸움이 될 것 같았다. 경호가 선생님에게 물었다.

"선생님 댁에서 멀지 않은 것 같은데 우리가 가 봐도 될까요?"

"그래라. 하지만 산길은 위험할 수도 있으니 밤이 되기 전에 돌아와야 해."

"오케이, 감사합니다."

창훈이 서둘러 댓글을 달았다.

🐔 친구들! 우리 과학 탐정 삼총사가 마침 근처로 가게 되었어요. 경록 홈스, 훈슈타인, 록키전이 달려가겠습니다. 그러니 친구들끼리 싸우지 마세요. 지금부터 두 시간 후에 학교 운동장에서 만나요.

고향 집에 도착한 담임 선생님은 선생님의 아버지, 어머니를 소개해 주었다. 그리고 곧바로 삼총사를 B초등학교에 데려다 주었다.

"올 때는 저쪽 고갯길로 넘어오면 돼. 한 시간쯤 걸릴 거야. 너무 늦으면, 내가 데리러 올 테니까 전화하고."

삼총사는 떠나는 선생님에게 인사하고 초등학교로 들어갔다. 운동장 한편의 정글짐에 모여 있던 남학생들이 삼총사를 보고 뛰어왔다.

"경록 홈스, 훈슈타인?"

경호가 앞으로 나섰다.

"그래, 내가 경록 홈스다. 너희가 검정 닭 실종 사건을 의뢰한 학생들이니?"

얼굴이 까무잡잡한 남학생들이 일제히 대답했다.

"넵."

여학생들은 이쪽을 보고 있었지만, 남학생들이 있어서 그런지 가까이 오지는 않고 멀찌감치 떨어져 소곤대기만 했다. 경호는 학생들의 이름과 사건의 내막을 알고자 여학생들도 들릴 정도로 크게 소리쳤다.

"좋아. 모든 학생들은 저기 스탠드로 모여라. 일단 사건이 일어난 경위를 자세히 알려 줘. 거기 여학생들도 모여 봐."

학생들은 스탠드에 편을 가르듯 남자 넷, 여자 넷으로 모여 앉았다. 그 가운데 세 명의 삼총사가 서 있었다. 경호가 탐정 수첩을 꺼내 들었다.

"일단 유튜브에서 봐서 알겠지만, 난 경록 홈스, 여기는 훈슈타인, 그리고 키가 큰 이 친구가 록키전이야."

경호의 삼총사 소개에 학생들은 크게 인사하기도 하고 가볍게 고개만 끄덕이기도 했다.

"좋아, 그럼 우리에게 너희 소개도 해 줘야겠지? 먼저 남학생들부터 시작해 봐."

훈슈타인의 지시에 키가 제일 큰 학생이 일어섰다. 160cm인 창훈이보다는 크고 170cm인 경호보다는 약간 작았다.

"저는 윤관희예요. 부반장이에요."

그리고 손가락으로 남학생들을 하나하나 가리키며 이름을 소개해 주었다.

"여기부터 권남호, 이대희, 현동규예요."

윤관희의 소개가 끝나자 여자아이들 중에서 한 아이가 일어났다.

"저는 6학년 반장 김서연이고요. 여기부터 김나현, 이진서, 이지민이에요."

"그럼, 반장인 김서연과 부반장인 윤관희가 유튜브에서 그렇게 싸운 거니?"

경호의 질문에 관희는 여자들의 얼굴을 힐끗 쳐다보더니 말했다.

"네, 하지만 그건 저만의 의견이 아니라 우리 남자들의 생각은 모두 같아요."

반장인 서연이 일어서 날카로운 목소리로 말했다.

"제가 댓글을 썼어요. 멍청한 남자들이 엉뚱한 글을 쓰고 다니니 참을 수가 없어서요. 너희도 다 동의하지?"

서연이 여학생들에게 동의를 구했다. 세 여학생들은 고개를 끄덕이기는 했으나 다들 반장인 서연을 어쩔 수 없이 따르는 듯한 느낌이었다.

"좋아. 너희가 올린 댓글을 바탕으로 사건을 정리해 보겠어. 남학생들은 닭을 키우고, 여학생들은 고양이를 키우는 거지?"

학생들 모두 고개를 끄덕였다.

"그런데 남학생들이 키우는 닭이 한 마리가 없어졌다는 거잖아?"

남학생들이 과하게 고개를 끄덕였다. 관희가 다시 일어서 말했다.

"경록 홈스. 우려가 현실로 일어났어요. 어젯밤에 검정 닭 한 마리가 또 없어졌다고요."

"뭐라고? 어젯밤에?"

"맞아요."

손에 비닐봉지를 들고 있던 권남호가 기세를 틈타 일어섰다.

"닭이 없어지는 이유가 뭐겠어요. 여기 증거인 닭 뼈예요. 고양이 집에서 나온 거예요. 고양이가 닭을 잡아먹는 거라고요."

경호는 남호가 내미는 비닐봉투를 받아 창훈에게 건넸다. 창훈이 비닐봉투를 바닥에 쏟자 뼈들이 나왔다. 정말 치킨을 먹고 남은 것 같은 뼈들이었다.

"오호! 이 뼈들은 정말 닭 뼈처럼 보이는데."

창훈이 닭이라는 판정을 내리자 남학생들의 어깨에 힘이 들어갔다.

"그렇죠? 그 뼈가 여자들이 키우는 고양이 집에서 나왔으니 범인은 고양이라고요."

삼총사는 다시 닭 뼈를 유심히 관찰했다. 승기를 잡은 남호는 여학생들을 향해 웃으며 말했다.

"하하하! 너희 여자들, 이제는 인정하시지?"

남호의 비웃음에 여학생들이 눈을 가늘게 뜨고 노려보았다. 또 싸움이 붙을 기세였다. 영상은 재빨리 한 손을 들어 제지했다.

"잠깐! 속단은 금물이야. 어때? 경록 홈스. 일단, 사건이 일어난 곳을 살펴봐야 하지 않겠어?"

"맞아. 일단 닭장과 고양이 집을 둘러보자고."

"따라오세요."

경호의 말에 남학생들은 일어서서 앞장섰다. 이미 싸움에서 이기기라도 한 듯 가벼운 걸음이었다. 건물 뒤로 돌아가자 닭장이 나왔고, 닭장 옆으로 고양이 집이 있었다. 닭장 안에는 크고 작은 닭들이 있었는데, 닭들이 하나같이 검정색이었다. 심지어 붉은색이어야 할 닭 벼슬까지 검정색이었다. 경호는 검정 닭이 신기한지 닭장 앞에 붙어 말했다.

"오호! 정말 온몸이 모두 새카만 닭이네. 신기하다."

창훈이 뭔가 생각났는지 스마트폰을 열어 검색했다. 그리고 원하는 것을 찾았는지 크게 소리쳤다.

"유레카! 이 동물은 그냥 닭이 아니야."

창훈의 말에 모든 사람의 시선이 집중되었다.

"내가 키가 조금 작잖냐. 엄마가 나 보양식 해 준다고 시골 할머니 댁에서 잡아오신 적이 있어. 저건 일반적인 닭이 아니야."

남학생들의 눈이 커졌다. 그러고는 제각각 질문했다.

"뭐라고요?"

"닭이 아니면 뭐예요?"

"그냥 검정 닭 아니에요?"

창훈은 스마트폰 화면을 학생들이 볼 수 있도록 위로 들었다. 화면에는 닭장 안에 있는 검정 닭과 똑같은 닭이 보였다. 경호도 궁금한지 서둘러 질문했다.

"창훈, 아니 훈슈타인, 이 새는 닭처럼 보이는데 닭이 아니라고?"

"아니 닭은 맞아. 내 말은 품종이 다르다는 거야. 저 닭은 오골계야. 오골계의 '오'는 한자로 까마귀 오(烏)! 까마귀처럼 깃털이 까맣지. 벼슬, 피부, 심지어 뼈까지 검다고. 자, 여기 너희가 증거라던 뼈를 다시 봐."

창훈은 고양이 집에서 나온 뼈를 다시 보여 주었다.

"남자들에게는 안됐지만, 이번 사건의 범인은 고양이가 아닌 것 같다."

창훈의 말에 남학생들의 얼굴은 찌푸려졌고, 여학생들의 얼굴은 밝아졌다. 가장 성격이 급한 것 같은 남호가 거친 말투로 말했다.

"증거가 이렇게 있는데 왜 그렇죠?"

창훈은 스마트폰을 보면서 말했다.

"이 뼈는 오골계 뼈가 아니야. 아까 말했듯이 오골계는 뼈까지 검정색이야."

"하지만 공기에 접촉해서 색이 변했을지도 모르잖아요."

창훈은 고개를 천천히 가로저었다.

"너희도 학교에서 동물을 분류하는 것을 배웠겠지? 동물을 분류할 때에는 외관을 가장 먼저 보지. 이 뼈는 오골계 것이 확실히 아니야. 닭장 안에 있는 오골계의 발 크기와 비교해서 봐 봐."

남학생들은 창훈이 건넨 닭발 뼈를 이리저리 살펴봤다. 아무리 봐도 뼈의 크기가 작았다.

"작지?"

남학생들은 고개를 끄덕일 수밖에 없었다.

"고양이가 크기는 하지만 자신과 거의 몸집이 비슷한 오골계를 잡아먹기는 무리일 거야. 산비둘기라고 보는 게 맞겠지."

모두들 닭장 앞에 붙어서 오골계를 관찰했다. 마침 고양이 우리 근처에 산비둘기의 것으로 보이는 깃털이 발견되었다. 1차전의 승리자는 여학생들이었다. 여학생들의 웃음소리에 남학생들은 부끄러운지 얼굴을 붉혔다.

억울한지 남호가 나서서 창훈에게 말했다.

"훈슈타인. 그럼 우리 검정 닭, 아니 오골계를 잡아간 범인을 밝혀 주실 건가요?"

"그래야지. 훈슈타인은 여기까지고, 이제 여기 경록 홈스가 나서서 오골계를 잡아간 진범을 밝혀 줄 거야."

그때였다. 나이가 지긋한 노인 두 명이 삼총사와 학생들에게 다가왔다.

"어험. 학생들은 누군가? 이 동네 사람이 아닌 것 같은데 왜 학교에 들어와 있지?"

삼총사 뒤에서 관희가 작게 속삭였다.

"머리가 반짝이는 분이 교장 선생님이세요. 그리고 모자 쓰신 분이 학교 숙직 기사님이고요."

교장 선생님은 대머리를 가리기 위해 옆 머리카락을 길게 길러서 가운데로 넘기고 있었다. 바람이 불어 흘러내리자 손으로 머리카락을 연신 쓸어 올렸다. 영상이 앞으로 나서서 교장 선생님에게 부드러운 미소를 지었다.

"아, 저희는 과학 탐정 삼총사입니다. 과학 탐정 유튜버죠."

"뭐, 유, 타바?"

학생들이 큭큭 숨죽여 웃었다.

"인터넷이요. 인터넷은 아시죠? 인터넷에서 과학 실험을 하는데 여기 학생들이 궁금한 것이 있다고 해서 멀리까지 찾아왔습니다."

교장 선생님은 의심스러운 얼굴로 영상을 뜯어보았다.

"아! 인터넷 유튜브! 유튜브는 알지. 그건 그렇고, 당신은 어른이요? 학생이요?"

키도 크고 근육도 탄탄한 영상이 얼핏 성인으로 보인 모양이었다.

"어른이라뇨. 저도 학생입니다. 저 아이들 때문에 왔습니다."

교장 선생님은 학생들에게 눈을 돌렸다.

"얘들아, 이 학생들의 말이 맞니?"

학생들은 일제히 고개를 끄덕였다. 그때 관희가 나서서 오골계 사건에 대해 말하려 했다.

"그게요, 우리 오골계가 없⋯⋯."

경호가 재빨리 관희의 말을 막았다.

"제가 닭과 오골계를 구별해 주러 왔어요. 이 아이들은 여태 오골계를 깃털만 검은 닭으로 알았지 뭐예요?"

교장 선생님은 머리카락을 쓸어 올리며 고개를 끄덕였다.

"학생들은 오골계를 모를 수 있지. 나도 9월에 이 학교에 부임하고 깜짝 놀랐시 뭐야. 역시 시골은 시골이야. 내가 도시 초등학교에 있을 때는 학생들이 공부만 했는데 여기 학생들은 오골계를 키우다니 말이야."

교장 선생님이 남학생들을 보며 말했다.

"너희가 오골계를 키우는 거지? 잘하고 있단다. 계속 잘 키우도록 해라."

"네!"

교장 선생님은 다시 내려온 머리를 쓸어 올리며 삼총사를 돌아보았다.

"너희는 고등학생?"

"네, 이제 곧 고등학생이 됩니다."

"그래, 아무리 학생이라지만 남의 학교에 들어오면 안 돼. 자네들은 외부인일 뿐이야. 학생들이랑 이야기 마치고 빨리 나가게."

"네, 알겠습니다."

삼총사는 인사를 크게 하고는 학생들과 함께 밖으로 나갔다. 교문에서 반장 서연이가 삼총사에게 감사 인사를 했다.

"유튜브에서는 어수룩하게만 봤는데, 제법 솜씨가 좋네요. 우리 고양이의 누명을 벗겨 주어서 감사합니다."

"뭘, 이 정도 가지고. 언제라도 사건이 생기면 우리 유튜브 과학 탐정을 찾아 달라고."

서연은 부반장 관희를 보며 강한 어조로 말했다.

"넌 부반장이면 우리 학급을 잘 이끌어 가려고 노력해야지. 니네 남자애들, 원숭이들처럼 그럴래?"

남학생들은 얼굴이 붉게 변했지만, 할 말이 없는지 고개를 숙였다. 서연은 뒤돌아 여학생들에게 말했다.

"얘들아, 가자. 우리 집에 가서 BTS 새 뮤비나 보자고."

여학생들이 시야에서 사라지자 남학생들도 하나둘 집으로 돌아갔다. 남은 사람은 관희뿐이었다.

"죄송해요. 멀리까지 오라고 해서요."

경호가 고개를 숙인 관희를 다독였다.

"괜찮아. 마침 우리도 옆 마을 선생님 댁에 놀러왔으니까. 그나저나 범인을 잡아야 하는데 말이야."

영상이 경호에게 말했다.

"뭔가 생각이 있는 거지? 아까 관희가 교장 선생님에게 오골계에 대해 말하려고 했을 때, 갑자기 말을 막았잖아."

경호는 고개를 끄덕였다.

"맞아. 여기는 아주 작은 학교야. 학교의 모든 사람들이 6학년이 오골계를 키우는 것을 알아. 더 어린 초등학생들이 잡아갔을 리는 없고, 학교에 있는 어른이 유력한 용의자가 되지. 아마 숙직 기사 할아버지가 학교에서 잠을 자니 유력한 용의자가 아닐까? 그래서 말을 막았어."

그때 관희가 말했다.

"교장 선생님도 학교의 관사에서 사서요. 원래 도시에 살다가 이번에 여기로 발령을 받았다고 했어요."

"음……. 용의자가 하나 늘었군."

경호의 추리에 창훈도 앞으로 나서 말했다.

"나도 어머니가 보양식이라며 오골계를 잡아 주셨어. 아까 오골계 얘기할 때 교장 선생님의 눈빛이 예사롭지 않던걸."

"좋아, 증거를 찾으려면 어두워져야 할 텐데, 여기 어디 가 있을 곳이 있을까?"

경호의 말에 관희가 손을 들었다.

"일단 우리 집으로 가요. 슬슬 저녁도 먹어야 하잖아요."

"그래도 되니? 잘됐다. 영상이 네가 담임쌤에게 전화해서 사건 이야기를 하고 늦은 밤에 간다고 말해 줘."

삼총사는 관희네 집으로 갔다. 관희 부모님은 삼총사를 의심스럽게 보았지만, 관희가 과학 탐정 유튜브 영상을 보여 주며 과학 과외를 해 주러 왔다고 설명하자 저녁식사를 차려 주었다.

일단 해가 지고 어두운 밤이 될 때까지 관희 방에서 기다리기로 했다. 경호가 방을 둘러보며 말했다.

"너희 6학년들은 학생이 여덟 명밖에 없으니 친하게 지내면 좋을 텐데 그렇게 싸워서 쓰겠니?"

관희가 머리를 긁적이며 말했다.

"그러게요. 사실 한 학년에 반이 하나밖에 없어서 1학년 때부터 같이 지내 친했어요. 근데 이유는 알 수 없지만, 6학년이 되고 언제부턴가 편이 갈라지게 되었어요."

"그러니까 넌 여학생들과 친해지고 싶다는 거지?"

"다시 그 시절로 되돌아가면 좋죠."

"여학생 중에 좋아하는 애 없어?"

관희의 얼굴이 붉어졌다.

"너 서연이 좋아하지?"

경호의 갑작스러운 질문에 관희는 얼굴을 붉히며 미소를 지었다. 대답을 하지 않아도 얼굴 표정으로 알 수 있었다.

"6학년 정도면 사랑을 시작할 나이지. 고백해 보지 그래?"

"어떻게 그래요. 뭔 말만 하면 까칠하게 구는데요. 서연이를 알다가도 모르겠어요. 분명히 학기 초까지 웃고 잘 놀았는데 갑자기 왜 저렇게 변한지 모르겠어요."

"그러게 말이다. 나도 답답하단다."

경호는 방바닥에 발랑 누웠다. 예슬의 얼굴이 떠올랐다. 영상과 창훈도 경호 옆에 같이 누웠다.

"예슬이 뭐 하고 있을까?"

창훈이 관희를 보며 말했다.

"관희야, 넌 사랑을 시작하지 말아라. 이렇게 시도 때도 없이 여자 친구를 찾는단다."

"경록 홈스는 여자 친구가 있군요. 어떤 사람이에요?"

"음. 겉으로는 까칠하고 도도하지만 나에게는 따뜻한 친구야. 보고 싶다."

"그럼 연락하면 되잖아요."

"사랑은 그렇게 쉬운 게 아니야."

그렇게 넷은 한 시간쯤 수다를 떨고 밖이 어두워지자 오골계 도둑을 찾기 위해 학교로 갔다. 넷은 학교 본관 건물 옆의 큰 미루나무 뒤에 숨었다.

"관희야, 교장 선생님과 숙직 기사님은 어디 살아?"

관희는 본관 건물을 가리켰다.

"저기 현관 옆 1층이 숙직 기사님 숙소고요. 저기 가정집처럼 보이는 작은 건물이 교장 선생님 관사예요."

관희가 가리킨 두 곳 모두 불이 밝혀져 있었다.

"좋아, 영상아, 촬영을 시작하자. 창훈이 너 과학 물품들 챙겼지?"

영상은 스마트폰을 거치대에 연결하고, 창훈은 메고 있는 뚱뚱한 가방을 흔들어 보였다. 영상이 스마트폰을 들고 경호와 창훈을 찍을 준비를 했다. 큐 사인이 들어오자 경호가 작게 속삭였다.

"하이, 헬로, 안녕! 과학 탐정 삼총사 TV에 오신 것을 환영합니다. 저는 과학 탐정, 경록 홈스입니다."

"과학 박사 훈슈타인입니다. 지금 댓글로 의뢰를 받은 검정 닭 사건을 해결하려 B초등학교에 나와 있습니다. 한밤중이고 사건 수사 중이라 목소리가 작은 걸 이해해 주세요."

"좋습니다. 훈슈타인. 일단 검정 닭은 고양이가 물어 간 것이 아니라는 점을 간략하게 설명해 주시죠."

"맞아요. 남학생들이 키우는 것은 닭의 품종인 오골계였답니다. 오골계의 뼈는 까만색인데 여학생들이 키우는 고양이 집에서 발견된 뼈는 까만색이 아니었어요. 고로 범인은 고양이가 아니었습니다. 우리 과학 탐정 삼총사가 문제를 명쾌하게 해결했습니다만 여기서 멈추지 않고 실제 오골계를 훔쳐간 사람을 찾아보겠습니다."

경호가 본관 1층과 관사를 가리켰다. 영상은 경호의 손가락을 따라 화면을 움직였다.

"유력한 용의자는 두 명, 관사에 사는 교장 선생님과 숙직 기사님이 되겠습니다. 저는 오골계를 훔쳐간 범인은 90% 확률로 교장 선생님이라고 생각합니다."

"교장 선생님이요? 그렇게 생각하는 이유가 있나요?"

경호가 손을 흔들어 관희를 불렀다. 관희는 영문도 모른 채 둘 사이에 섰다.

"학생, 오골계가 처음 없어진 것은 언제라고 했지요?"

"2학기가 시작되고 나서니까 9월 중순쯤이요."

"교장 선생님이 도시에서 이 학교로 부임한 것은 언제?"

"9월이요."

경호는 의미심장한 미소를 지었다. 창훈이 그 뜻을 알아채고는 말을 받았다.

"경록 홈스, 벌써 추리가 완성되었군요. 오골계는 보양식의 재료로 알려져 있죠. 어른들은 보양식을 좋아하고요. 새로 부임한 교장 선생님이 노릴 만하다고 생각합니다."

경호는 카메라를 보고 계속 설명했다.

"숙직 기사님은 이 학교에 오래 있었지만, 그때는 한 번도 오골계가 없어지지 않았어요. 교장 선생님께서 부임하고 오골계가 없어진 것은 우연이 아닙니다. 경록 홈스, 그럼 증거를 어떻게 찾죠?"

"관희 학생의 말에 따르면 어젯밤에도 오골계가 사라졌다고 해요. 아마 교장 선생님 혼자서 하룻밤에 모두 먹지는 못했을 겁니다. 만약다 먹었다 해도 쓰레기통을 뒤지면 검정색 오골계 뼈가 나올 겁니다. 지금 저녁 식사를 할 시간이니 어서 가서 증거를 잡자고요."

경호가 앞장서고 창훈과 관희가 뒤를 따랐다. 그리고 맨 뒤에서 영상이 이들의 모습을 동영상으로 촬영하고 있었다. 부엌으로 보이는 곳의 창문 아래 도착했다. 관희가 작게 속삭였다.

"훈슈타인, 가슴이 떨려요."

창훈이 두 손을 심장 위에 올리고는 말했다.

"가슴이 떨리는 것이 아니라 심장이 빨리 뛰는 거야. 중학교 가면 배우겠지만 긴장했을 때는 교감신경 말단에서 에피네프린이란 호르몬이 분비돼. 그것이 우리 몸을 긴장하게 만드는 거야. 에피네프린의 다른 효과는 동공이 확대되고, 침이 마르고……."

경호가 창훈의 입을 막았다.

"훈슈타인, 지금 과학 강의를 할 때가 아니죠. 어서 창문을 통해 안을 보자고요."

경호가 몸을 천천히 일으키려 하자 창훈이 급하게 붙잡았다.

"경록 홈스! 교장 선생님이랑 눈이라도 마주치면 어쩌려고요!"

"그럼 어떡해?"

창훈은 가방을 뒤지더니 망원경처럼 생긴 기구를 꺼냈다. 하지만 모양이 조금 달랐다.

"이건 잠망경이라고 해. 모서리 끝에 거울이 두 개 달려 있지."

관희가 알은체를 했다.

"아, 알아요. 4학년 때인가 과학 시간에 만들었었어요."

"그래? 그럼 원리도 알고 있겠네."

관희는 원리는 모르는지 머리를 긁었다.

"앞으로 과학을 배우면 원리를 잘 기억하도록 해. 그리고 그 원리들을 융합하면 새로운 것이 창조되지. 창의력! 그것이 인간과 기계의 다른 점이야."

"아무튼 잠망경으로 들키지 않고 안을 볼 수 있다는 거잖아요."

"맞아, 그럼 망원경은 뭔지 아니?"

"그건 알죠. 볼록렌즈로 빛을 모아 먼 곳을 볼 수 있게 해 주잖아요."

창훈은 자신이 꺼낸 잠망경을 보여 주었다.

"난 이 잠망경 앞에 소형 망원경을 부착했어. 그럼 어떻게 될까?"

"벽 너머의 상황을 가까이 볼 수 있겠네요."

"정답!"

"대단해요, 훈슈타인."

칭찬을 받아 기분이 좋은지 창훈은 자신의 가슴을 두 번 쳤다.

"유튜버 과학 박사 훈슈타인에게 이 정도는 아무것도 아니지. 그럼 안을 볼까?"

먼저 창훈이 조심스럽게 창문 안쪽을 살폈다. 경호의 예상대로 교장 선생님은 저녁 식사를 하고 있었다. 잠망경을 돌려 가며 식탁의 음식을 살폈다.

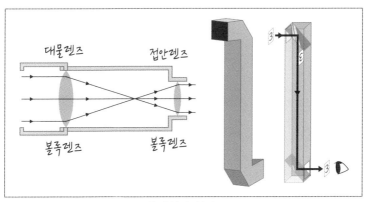

<잠망경의 원리>

소형 망원경

<훈슈타인의 특제 잠망경>

"김치, 소주……. 아, 있다. 백숙. 옆의 뼈다귀가 까만 것이 오골계가 맞구만."

창훈은 잠망경을 경호에게 건넸다. 경호도 열심히 관찰했다.

"맞아. 옆에 쌓인 뼈며 닭고기 살이며 모두 까매."

경호가 잠망경을 관희에게 건넸다.

"맞네요. 오골계. 어떡하죠? 지금 관사로 들어갈까요?"

경호는 검지를 들어 좌우로 흔들었다.

"확실한 증거를 모아야지. 영상아, 그걸로 조심히 안을 찍어."

영상은 경호의 말을 듣고도 버튼을 눌러 동영상 촬영을 멈췄다.

"경호야. 다른 사람의 집 안을 몰래 촬영하는 것은 명백한 범죄야. 관희에게 나쁜 것을 가르치면 안 되지."

경호가 팔짱을 끼고 잠시 생각했다.

"음……. 역시 우리의 폭주를 막아 주는 영상이 네가 꼭 있어야 해. 불법 촬영은 범죄야. 교장 선생님의 식사 시간이 거의 끝났으니 기다려 보자. 쓰레기를 버리는 것 정도는 촬영해도 되겠지? 그것을 증거로 삼자고."

넷은 미루나무 뒤로 가서 식사가 끝나기를 기다렸다. 한 시간 뒤 교장 선생님이 밖으로 나와 쓰레기를 버렸고, 이 장면부터 동영상 촬영을 하며 쓰레기통을 뒤져 새까만 오골계 뼈를 모았다. 경호가 셋을 보며 말했다.

"이제 됐다. 이 정도면 증거가 충분하겠어. 그럼 교장 선생님 집으로 들어가 볼까?"

삼총사와 관희는 비장한 각오로 교장 선생님 댁 초인종을 눌렀다.

띵동.

"이 밤에 누구요?"

곧이어 문이 열리고 삼총사와 관희를 본 교장 선생님의 인상이 찌푸려졌다.

"너희는 오후의 그 학생들 아니야? 외부 사람은 학교에 들어오면 안 된다니까?"

경호는 다소 과장하여 자신을 다시 소개했다.

"교장 선생님은 잘 모르시겠지만 저희는 전국 초등학생들의 영웅, 유튜버 과학 탐정 삼총사입니다. 누구든 사건을 의뢰하면 해결해 주는 탐정이죠."

"탐정? 헛소리 말고 이 밤에 왜 온 거야?"

창훈이 안경을 옷에 닦으며 앞으로 나왔다.

"아무튼 우리는 사건을 해결하고 있어요. 여기 관희 학생과 친구들이 키우는 오골계가 없어져 수사를 하고 있었습니다."

"수사? 홍, 그런데?"

"범인은 교장 선생님이더군요."

"범인?"

교장 선생님은 화가 났는지 눈썹이 꿈틀거렸다. 그러고는 자신의 휴대폰을 꺼내 들었다.

"누가 오골계를 훔친 범인이야? 너희 어디 학교야? 당장 그 학교에 전화해서 교장이랑 통화하겠어."

창훈이 움찔하며 뒤로 물러섰다. 바턴 터치하는 것처럼 영상이 아까 찍은 스마트폰 동영상을 재생하며 앞으로 나왔다.

"교장 선생님, 우리 학교 말고 그냥 경찰에 신고하시죠. 우린 증거가 있으니까요."

"증거?"

교장 선생님은 영상이 재생하는 동영상을 보았다.

"교장 선생님이 조금 전 버린 뼈는 까만색 오골계 뼈였어요. 학생들이 키우는 오골계를 잡아드신 거죠?"

"그래, 내가 잡아먹었다. 학교에 있는 오골계를 잡아먹은 것이 뭐가 대수라고. 저것도 학교 재산이라고!"

"교장 선생님, 학교 재산이라고 해도 교장 선생님 것은 아닙니다. 그리고 비록 닭이 강아지나 고양이처럼 반려동물은 아니지만 학생들이 집을 지어 주고 먹이를 주면서 정을 주고 있었어요. 게다가 남학생들은 여학생들이 키우는 고양이가 잡아먹은 줄 알고 서로 죽자살자 싸우고 있었어요. 교장 선생님의 안일한 생각 때문이죠."

교장 선생님은 옆에 서 있는 관희의 얼굴을 지그시 보았다. 그러고는 문 옆으로 비켜서며 말했다.

"음……. 얘기 좀 하지. 안으로 들어와."

삼총사와 관희가 소파에 앉자 교장 선생님은 냉장고에서 캔 음료수를 꺼내 앞에 놓았다. 아무도 음료수를 먹으려 하지 않았다. 교장 선생님은 헛기침을 한번 하고는 말을 이었다.

"학생들이 오골계를 소중하게 생각하는지 몰랐어. 미안하다. 이 교장 선생님을 용서해라."

"교장 선생님, 사과를 믿어 보겠습니다. 다만 다른 학생들에게도 진심 어린 사과 부탁드립니다."

"고맙구나, 관희야. 네 말대로 6학년 학생들에게 말하고 사과하마. 그리고 닭장이 많이 낡았던데 새로 지어 주마."

경호는 영상에게 눈짓했고, 영상은 증거 영상을 조용히 삭제했다. 이번 사건도 유튜브에 올리지 못하겠지만 기분이 좋아졌다. 교장 선생님은 삼총사에게 악수를 청했다.

"어린 학생들이지만 건설적이고 창의적으로 살고 있구만. 이런 모습을 보여 부끄럽네. 그리고 아이들을 도와줘서 고맙네."

그렇게 과학 탐정 삼총사는 또 하나의 사건을 마무리했다. 담임 선생님은 삼총사가 걱정되었는지 차를 몰고 B초등학교로 왔다.

"이 녀석들 이렇게 늦게까지 있으면 어떡해?"

삼총사는 자동차의 뒷자리에서 각자 한마디씩 했다.

"선생님, 오골계를 훔쳐간 범인은 교장 선생님이었어요. 건강 욕심 때문에 그러셨던가 봐요."

"선생님, 이번 사건에서도 제 과학 지식이 빛났답니다. 오골계의 특징을 구분하지 못했다면 B초등학교 남학생과 여학생은 계속 전쟁을 했을 거라고요."

"검정 닭 사건은 해결되었지만, 6학년 친구들이 화합하지 못해 아쉽네요."

담임 선생님은 경호가 힘을 찾은 것 같아 내심 마음이 놓였다.

선생님의 고향 집으로 돌아온 넷은, 선생님이 학창 시절을 보냈던 골방에 옹기종기 모여 누웠다. 옛날 집이라 그런지 천장이 낮았다. 검정 닭 사건과 이런저런 이야기를 나누다가 선생님이 삼총사를 둘러보며 말했다.

"이제 너희도 고등학생이 되는구나. 공부하기 힘들지? 나 어릴 때 서울에서 공부하고 싶어서 얼마나 열심히 공부했는지 몰라."

창훈이 어깨를 으쓱했다.

"전 고등학교에서 더 심화된 과학 지식을 배운다고 생각하니 엄청 설레는데요."

"창훈이는 과학도 좋지만 다른 공부도 열심히 해야 해. 영상이는 어때? 운동은 잘되니?"

"뭐, 이 몸은 운동을 하기 위해서 태어나지 않았겠어요?"

"그래, 맞다. 벌써 키가 180cm를 돌파했으니 누가 중학생으로 보겠냐?"

그렇게 이야기가 오가는 와중에도 경호는 창밖으로 보름달만 보고 있었다.

"경호는 뭘 그리 생각하니?"

"선생님, 저 달 좀 보세요. 우리가 졸업 여행을 가서 그 이상한 섬에 떨어졌을 때도 보름밤이었는데, 지금 생각하니 전 그때가 너무 그리워요."

"그 고생을 해 놓고 그때가 그립다고?"

"네, 선생님. 몸은 비록 힘들었지만, 영상과 창훈이가 옆에 있었고 그리고…….".

예슬의 얼굴이 떠올랐다. 컴컴한 바다 앞에서 예슬과 나눈 첫 키스가 생각났다.

"경호, 너 또 예슬이 생각하는 거지?"

"예슬이는 지금 뭐 하고 있을까?"

창훈은 무거운 분위기를 풀어 볼 요량으로 말했다.

"선생님, 여자들은 이런 우유부단한 놈이 뭐가 좋을까요? 글쎄 말이에요. 에어팟을 찾아 준 것 때문에 한나리가 경호에게 관심이 생겼다니까요?"

창훈의 말을 들은 선생님 눈썹이 꿈틀 움직였다.

"경호야. 창훈이 말이 사실이야?"

"뭐, 계속 연락이 오고 있긴 해요."

"이 녀석. 그럼 예슬이는 어쩌고."

경호는 선생님의 물음에 대답하지 않았다. 대신 창훈이 대답했다.

"요즘 예슬이랑 사이가 좋지 않아요. 그래도 학교 최고 인기 여학생이 좋아해 주니, 예슬이랑 헤어져도……."

옆에 있던 영상이 창훈의 입을 막았다.

"으이구, 창훈아. 넌 사랑을 너무 몰라."

경호는 아무 대꾸 없이 달을 계속 바라보았다. 경호의 눈에 눈물이 차더니 결국 울음을 터뜨렸다.

"으흑, 닌 예슬이랑 헤어지고 싶지 않아. 내겐 예슬이밖에 없다고."

경호의 울음에 갑자기 분위기가 숙연해졌다. 선생님이 휴지를 뽑아 경호에게 건넸다. 창훈은 웃음을 참느라 애써 고개를 돌렸고, 영상은 조용히 경호의 어깨를 감쌌다.

"선생님, 예슬이에게 너무 미안해요. 최종 면접날 제가 화를 냈거든요. 같이 면접 준비하는 것은 알겠는데 저보다 공부도 잘하고 키도 큰 이승헌이 예슬이 옆에 있는 것이 싫었어요."

"경호야. 이제 네 마음 예슬이도 알 거야. 그만 울고, 전화해 보렴."

경호의 울음이 잦아들었다.

"전화해서 뭐라고 해요?"

"말이 필요 없어. 그냥 전화해 봐."

경호는 휴지로 눈물을 찍어 내고, 스마트폰을 꺼내 예슬의 전화 번호를 눌렀다. 예슬이 어떻게 나올지 걱정 반 긴장 반 심장이 마구 뛰었다. 통화음이 시작되자 옆방에서 벨소리가 울렸다. 이 벨소리는 분명히 예슬의 것이었다. 삼총사는 눈이 동그래져 서로를 마주 보았다. 선생님이 눈짓으로 문을 가리켰다. 경호는 침을 꼴깍 삼키고 옆 방문을 열었다. 거기에는 거짓말처럼 예슬이 앉아 있었다. 예슬이 옆방에서 경호가 하는 이야기를 모두 듣고 있었던 것이다. 예슬도 울었는지 얼굴이 눈물범벅이었다.

"소, 송예슬?"

"이 바보야. 내가 좋아하는 사람은 이승헌이 아니라 민경호라고!"

둘은 부둥켜안고 한참을 울었다. 창훈과 영상도 넋 놓고 둘을 바라보고 있었다. 지금의 상황이 대뇌 속에 쉽게 녹아들지 않았다.

담임 선생님만 박수를 치면서 외쳤다.

"작! 전! 성! 공!"

담임 선생님은 면접이 끝난 예슬도 시골집으로 불렀던 것이다. 물론 경호와 예슬 사이의 이상 기류를 눈치채고 화해를 시키려는 고도의 작전이었다. 창훈이 깐죽대며 말했다.

"선생님도 이런 극적인 연출을 꾸밀 수 있다니 우리 과학 탐정단에 들어오셔도 되겠어요."

경호는 예슬에게 검정 닭 사건을 이야기해 줬다. 예슬은 곰곰이 듣더니 남학생과 여학생 사이가 나빠진 이유를 대충 알 것 같다고 했다. 예슬의 의견대로 다음 날 담임 선생님에게 부탁해서 관희네 집에 잠시 들렀다.

"선생님, 잠시 다녀올게요."

경호와 예슬은 관희네 집으로 들어갔다.

"관희야, 여기는 내 여자 친구 송예슬이야. 예슬이가 잠시 몇 가지 묻고 싶은 것이 있다고 해서."

예슬은 관희 방을 잠시 둘러보더니 물었다.

"6학년 때 사이가 갑자기 나빠졌다고 했지?"

"네, 이유는 모르겠지만요."

"그전에는 사이가 좋았고?"

"네."

"김서연 말고, 다른 여학생들도 네게 까칠하게 구니?"

관희는 천장을 보며 곰곰이 생각했다.

"그러고 보니 서연이만 그런 것 같네요."

경호는 눈치재지 못했지만 예슬은 내막을 짐작할 수 있었다.

"서연이가 그러는 데는 분명 이유가 있겠지. 왜 그걸 알아보려고 하지 않았니? 난 그게 더 이상한데?"

관희 눈이 커졌다.

"그, 그건 왠지 겁이 나서요. 사이가 더 나빠지면……."

"친했다며? 그럼 갑자기 네가 싫어진 건 아닐테고…… 혹시 서연이가 언제부터 그랬는지 계기가 생각나니? 네가 서연이의 말이나 마음을 무시한 적은 없니?"

관희는 턱을 손으로 받치고 골똘히 생각했다. 아무리 생각해도 그런 계기는 없는 것 같았다.

"없어요. 제가 서연이 말을 왜 무시해요?"

"촉이 왔어. 뭔가가 분명히 있어. 그럼 서연이가 네게 뭘 준 적 없어? 편지나, 선물 같은 거. 생일이나 밸런타인데이 때……."

관희는 생각이 났는지 눈이 다시 커졌다.

"아, 초콜릿을 받았어요. 하지만 모든 남자애들에게 똑같이 줬단 말이에요."

"그다음에는 없었어? 잘 생각해 봐."

"글쎄요. 기억이 없어요."

예슬은 손바닥으로 자신의 이마를 짚었다.

"잠깐 그 초콜릿 상자 좀 보자. 갖고 있지?"

관희가 책상 서랍을 열어 분홍색 상자를 꺼내 주었다.

"이거예요."

예슬은 상자를 열었다. 상자 바닥에는 하얀 솜이 깔려 있었고, 손으로 접은 종이학이나, 별, 오색 테이프가 있었다.

"모든 남학생이 이걸 받았다고?"

"네, 그랬어요."

예슬은 조심스럽게 상자 바닥의 솜을 들어 올렸다. 그 밑에 반으로 접힌 쪽지가 있었다. 쪽지를 펴 보니 맨 위에 '내 마음이야'라고 쓰여 있었다.

"이 쪽지는 뭐야? '내 마음이야'라고 쓰여 있는데."

"초콜릿이 자신의 마음이라는 거 아닐까요?"

"으이구. 위에 제목만 있고 아래가 비어 있는 건 이상하잖아."

경호가 쪽지를 받아 들었다. 쪽지의 이곳저곳을 살펴보고는 예슬에게 돌려줬다.

"듣고 보니 그러네. 뭔가 사건 냄새가 나."

예슬은 쪽지를 코에 가져가 조심스레 냄새를 맡았다.

"진짜 냄새가 나네."

"예슬아, 난 그런 뜻이 아니라……."

"진짜 시큼한 냄새가 난다고."

예슬은 쪽지를 경호의 코에 가까이 가져갔다. 경호는 냄새를 킁킁 맡았다.

"엇, 식초 냄새 아니야? 비밀 편지다. 식초 같은 산성 물질로 글씨를 쓴 거야. 지시약이 있다면 바로 글자를 볼 수 있을 텐데. BTB 용액을 뿌리면 노란색으로 글자가 나타날 거야."

경호는 차에서 기다리고 있던 창훈에게 전화를 했다. 창훈은 과학 가방을 가지고 오긴 했지만 지시약은 없다고 했다.

"그럼 천연 지시약이라도 만들까?"

예슬이 관희에게 물었다.

"너희 집에 적양배추나 포도 있니? 그것들을 끓이면 천연 지시약이 되거든."

관희는 고개를 좌우로 흔들었다. 그러더니, 갑자기 무엇을 깨달은 듯 눈을 빛내며 말했다.

"알 것 같아요. 그 당시 과학 시간에 비밀 편지 쓰기를 배웠거든요. 산성으로 글자를 쓰고, 불에 살짝 그을리면 글자가 나타나요."

예슬이 손가락을 튕겼다.

"맞아. 과학고 공부하면서 알았는데 산성 물질은 수분을 흡수하는 성질이 있어. 종이에 산성으로 글자를 쓰면 그 부분의 수분을 흡

수해서 탄소 성분만 남게 되지. 불에 그을리면 수분이 적은 쪽이 먼저 타기 때문에 검정색으로 글자가 나타날 거야. 어서 해 봐."

예슬이 쪽지를 내밀었다. 관희는 쪽지를 받아서 부엌으로 갔다. 가스레인지를 켜고 쪽지를 불 위에 살살 움직였더니 검정색 글씨가 나타났다.

내 마음이야
관희야. 5학년 때까지는 내가 더 키가 컸는데,
6학년 되니 네 키가 훌쩍 커 버렸구나.
과학 시간에 어려운 실험이 있어도 척척 해내서
멋있어 보여. 네가 부반장이 돼서 정말 좋아.
우리 잘 지내 보자. 이 쪽지는 너에게만 주는 거야.
다른 애들한테는 비밀이야♡

경호와 예슬도 관희의 어깨 너머로 편지를 읽었다.

"거기, 끝에 하트 보이지? 서연이는 네가 과학 시간에 열심히 하는 모습이 좋은 거야. 그래서 과학 시간에 배운 비밀 편지를 쓴 거고. 넌 비밀 편지의 존재를 눈치채지 못했지만 서연이는 네가 편지를 읽고도 반응이 없어서 무시한 줄로 오해한 거야."

관희는 자신의 잘못에 어쩔 줄 몰라 했다.

"어쩌면 좋아요. 해결해 주세요. 저도 서연이가 좋아요. 오해를 풀고 다시 평화로운 6학년으로 돌아가고 싶단 말이에요."

예슬은 어젯밤 경호의 진심 어린 눈물이 생각났다.

"모든 것은 진심에 달려 있어. 너의 진심을 보여 주면 어떨까?"

예슬의 말에 관희 눈동자가 빠르게 움직였다. 해결 방법을 생각하는 것 같았다.

"그럼 잘 해결되길 바랄게. 경호야, 선생님 기다리시겠다. 얼른 가자."

"네, 감사해요. 오골계의 범인도 찾아 주시고, 6학년의 평화와 서연이의 마음도 찾아 주셔서 감사합니다."

관희는 급하게 인사하고 집 뒤쪽 동산으로 올라갔다. 늦가을 산에는 하얗고 노란 들꽃들이 남아 있었다. 관희는 상태가 괜찮은 꽃들을 손으로 뜯더니 능숙한 솜씨로 꽃들을 엮어 작은 꽃다발을 만들었다. 경호가 손으로 관희를 가리켰다.

"꽃다발을 만들어 주려나 봐. 근데 너무 시들었다."

예슬은 흐뭇한지 미소를 지었다.

"진심이 들어간 꽃다발이라면 둘 사이는 회복될 거야."

"예슬아, 너 아까 관희와 서연이의 관계를 밝힐 때, 탐정 같던데? 너야말로 우리 탐정단에 꼭 필요한 존재야."

예슬이 경호의 손을 꼭 잡았다.

"난 자문 역할로 만족할래. 선생님, 많이 늦었네요. 이제 인천으로 출발하시죠."

선생님은 승용차의 액셀러레이터를 힘차게 밟았다.

한편 관희는 서연이네 집 앞에 도착했다. 전화를 걸어서 잠시 보자고 했다. 잠시 후 나온 서연은 관희 주변을 둘러보더니 역시 뾰족한 말투로 말했다.

"왜 갑자기 나오라는 거야?"

관희는 등 뒤에 숨겨 두었던 꽃다발을 내밀었다.

"나 윤관희는 서연이 널 누구보다 좋아해. 앞으로도 너만 좋아하고 네 편만 될 거야."

관희의 고백에, 까칠했던 서연이의 눈과 입 꼬리도 서서히 내려왔다. 하얀 얼굴도 점점 분홍빛으로 물들었다.

"나한테 장난치는 것 아니지?"

"장난은 무슨 장난? 비밀 편지의 존재를 오늘에야 알았어. 난 진심이야. 네 마음도 나랑 같았으면 좋겠어."

서연은 수줍게 꽃다발을 받았다. 어머니가 점심 먹자고 부르는 소리에 집으로 들어가면서, 서연은 관희에게 손을 흔들어 보였다.

인천으로 돌아간 삼총사는 사건의 전말을 유튜브에 다 밝힐 수 없었지만, 검정 닭은 오골계였고 고양이가 범인이 아니었음을 밝히는 영상만으로도 조회 수 1,000회를 넘겼다.

4장

가출팸과
맞짱 뜨다

담임 선생님이 웬일로 양복 차림으로 교탁 앞에 섰다. 3학년 2학기를 마치는 종업식 날이기 때문이었다. 하지만 옷차림만 달라졌을 뿐, 여느 때처럼 잔소리를 늘어놓기 시작했다.

"겨울 방학이라고 놀기만 해서는 안 된다. 고등학교 올라가서 뒤처지지 않으려면 겨울 방학을 잘 보내야 해, 알겠냐?"

"네!"

드디어 고등학생이 된다. 물론 내년 2월 졸업식을 할 때까지는 대한민국의 중딩이겠지만 말이다. 경호는 앞쪽에 있는 예슬을 보았다. 지겨운 선생님의 잔소리도 바른 자세로 듣고 있다. 역시 반장. 그리고 내 여자친구. 예슬은 과학고에 붙었다. 경호가 더욱 기뻐한 것은 3반의 승헌이 떨어졌다는 사실이다. 예슬을 믿지만 고등학교에서도 같이 붙어 다니는 꼴은 못 보겠어서 속이 시원했다.

담임 선생님은 창가 쪽 맨 뒷자리를 오랫동안 보고 있었다. 오경일의 자리였다. 경일은 졸업 여행에서 노래로 활약한 뒤에 돌아와 가수 오디션 프로그램에 나갔고 당당히 예선에 합격해서 합숙까지 들어갔었다. 하지만 기쁨은 거기까지였다. 방송에 나온 경일을 보고 과거의 학교폭력 피해자들이 들고일어났다. 졸업 여행에서 생사의 고비를 넘기고 경일은 새사람이 되었지만, 지난날의 모습만 알고 있는 다른 반 학생들은 이를 인정할 수 없었다. SNS에 과거 경일의 나쁜 행적이 공개되고 피해자들의 증언이 잇따라 결국 방송에서 하차하고 말았다. 그 후 경일은 집에서도 학교에서도 모습을 감췄다.

경일은 어디서 무엇을 하고 있을까? 담임 선생님은 잔소리를 격하게 쏟았는지 한숨을 크게 쉬고는 다시 학생들에게 말했다.

"그래, 겨울 방학 몸 건강히 보내고 다시 만나자!"

학생들이 '와' 소리와 함께 교실을 빠져나갔다. 경호가 가방을 정리하고 있자 예슬이 다가왔다. 오늘은 데이트하는 날이다. 예슬이 좋아하는 매운 떡볶이를 먹고, 노래방에 가서 신나게 놀기로 했다. 복도를 걸어가는데 누군가 뒤에서 경호를 불렀다.

"저, 경호야."

돌아보니 경일과 절친이었던 재원과 경민이 있었다. 둘의 표정은 겨울 방학을 맞는 즐거운 표정이 아니었다.

"어, 재원아, 경민아, 왜 그래?"

재원이 예슬의 눈치를 보며 말했다.

"어제 경일이에게 연락이 왔어."

"뭐, 경일이!"

"어, 어제 밤늦게 전화가 왔었는데……."

"어디 있대? 선생님께는 말씀드렸어?"

재원은 고개를 절레절레 흔들었다.

"경일이가 아무한테도 절대 말하지 말래."

"근데 그걸 나에게 얘기하는 이유는 뭐야?"

"경일이는 부천에서 가출팸에 들어갔어. 안 좋은 사람들과 엮인 것 같아."

재원은 무언가 호소하는 눈으로 경호를 바라봤다. 경일을 구해 달라고 도움을 요청하는 것이다. 경호는 예슬의 얼굴을 바라봤다. 모처럼 데이트를 하기로 했는데 예슬의 눈치가 보였다. 예슬이 입술을 잉다물며 단호한 표정을 지었다. 경호가 오늘은 안 되겠다는 말을 하려고 할 때, 예슬이 먼저 말했다.

"나도 갈 거야."

"그렇겠지? 나도 갈……. 뭐라고?"

"난 반장이야. 당연히 위기에 처한 친구를 구해야지."

"예슬아……."

"뭐해? 어서 삼총사를 부르지 않고."

"아, 알았어."

경호는 먼저 나간 창훈과 영상에게 비상 연락을 돌렸다. 재원에게 경일이 있는 곳을 듣고, 삼총사와 예슬은 즉시 부천행 열차를 탔다.

　오후 4시쯤 부천의 외곽 동네에 도착했다. 동네에는 오래된 건물이 늘어서 있었다. 지나다니는 사람은 거의 없었다. 낮은 언덕을 올라 넷은 경일이 살고 있다는 허름한 빌라에 도착했다. 빌라 앞에는 '배달 대행'이라고 쓰여 있는 오토바이가 두 대 세워져 있었다. 창훈이 스마트폰의 지도를 보면서 말했다.

"여기가 맞는 것 같은데? 재원이가 말한 곳은 이 빌라 지하층이야."

"어떡하지? 들어가 봐야 할까?"

　경호가 빌라를 올려다보며 말했다. 그때 빌라 지하에서 어떤 남자가 올라왔다. 노란머리에 목걸이를 한 남자는 배달 오토바이를 타려고 했다. 예슬이 남자를 가리키며 말했다.

"저 남자 경일이 아냐?"

　외모가 바뀌었지만 자세히 보니 분명 경일이 맞았다. 경호가 경일을 크게 불렀다.

"경일아, 오경일!"

　경일은 오토바이에 올라타려다 일행이 있는 곳을 봤다. 삼총사를 보고 놀랐는지 주변을 두리번거리며 다가왔다.

"재원이 자식! 그새 말했구나."

　경일은 불안한지 빌라 쪽을 자꾸 바라봤다. 경호가 나서서 말했다.

"경일아. 잘 지내지? 학교는 오늘 방학했어."

"그깟 학교 뭘 하든 상관없어. 난 이제 학교 따위는 다니지 않을 거니까."

"이런 생활 힘들지 않아?"

경일이 날카로운 눈으로 삼총사를 째려봤다.

"너희 같은 온실 속 화초는 몰라. 난 집으로 돌아가도 지금보다 나은 게 없어. 집에는 할머니뿐이라고. 나 때문에 아침부터 밤까지 일하시느라 맨날 아프시고…… 너희처럼 따뜻한 가정이 없어."

경일의 가정환경이 어려운 줄은 몰랐다. 하지만 세상의 모든 청소년이 평화로운 가정에서 사는 것은 아니다. 삼총사와 예슬도 그 정도는 알고 있었다.

"할머니가 걱정하시겠다. 연락은 했어?"

"네가 걱정할 일은 아니야. 그리고 연락은 했으니 찾아가서 헛소리나 하지 마."

"경일아, 그래도 우리와 같이 집으로 돌아가자. 할머니가 많이 걱정하실 거잖아."

할머니 이야기가 나오자 경일의 날카로운 눈빛이 서서히 풀리며 흔들렸다. 마음속에서 갈등이 일어나는 것이 분명했다. 영상과 창훈도 거들었다.

"그래, 경일아, 학교에서 모두 너를 기다리고 있어."

"가자. 재원이와 경민이도 얼마나 걱정되면 우리에게 말하겠어."

하지만 경일의 표정은 다시 굳어졌다.

"거짓말! 다들 내가 텔레비전에 나오니까 학교폭력이다 뭐다, 날 나쁜 놈 취급하잖아. SNS에 올리고, 방송국에 전화하고, 결국 방송에서도 잘렸어. 난 어디를 가도 정상 취급을 받을 수 없다고!"

삼총사는 무슨 말을 할지 몰랐다. 그때 예슬이 나섰다.

"다 사실이었잖아! 그렇다고 이렇게 피해만 다니면 어떡해? 지금부터라도 용서를 빌고, 네가 좋아하는 노래를 불러야 할 거 아니야?"

"망했어. 난 이렇게 살아야 할 운명인 거야. 어서 돌아가. 여기 패밀리는 나보다 더 나쁜 놈들이라고."

그때 뒤에서 경일을 부르는 소리가 들렸다.

"오경일! 빨리 가지 않고 뭐 해? 밥값은 해야 할 거 아니야!"

"지금 갈 거예요."

경일은 뒤돌아 대답하고 삼총사를 떠밀었다.

"빨리 집으로 돌아가. 내가 지내는 가출팸이야. 너희까지 휘말릴 필요는 없어. 빨리."

뒤에서 다시 묵직한 목소리가 터져 나왔다.

"잠깐! 거기 서! 너희 뭐야?"

경일이 뒤에서 건장한 남자 둘과 여자 하나가 걸어왔다. 머리 색깔이 빨간색, 노란색으로 요란했고, 목걸이며 반지며 화려한 장신구를 차고 있었다. 남자들의 덩치는 영상과 맞먹었다. 경호가 용기를 내 앞으로 나섰다.

"우리는 경일이와 같은 반 학생들이에요. 경일이가 걱정돼서 찾아왔어요."

경호의 말을 듣자 셋은 킬킬거리며 웃었다. 대장인 듯한 남자가 웃음을 멈추고 말했다.

"경일이 너 친구도 있고 대단하다? 친구들이 모두 배신했다고 울면서 온 게 한 달 전이었는데, 크크크."

남자의 말을 듣자 경일은 얼굴이 붉히며 경호를 돌려 세웠다.

"빨리 돌아가! 난 집으로도 학교로도 돌아가지 않을 거야."

대장 남자가 경일의 뒷덜미를 우악스럽게 잡더니 내팽개쳤다.

"이 새끼가 내가 얘기하는데 어디 끼어들어. 닥치고 있어!"

남자는 다시 경호를 돌아보았다. 눈동자가 매우 작고 매서운 눈이었다.

"너희는 경일이 친구라고 데리러 온 거구나?"

"맞아요."

남자는 비열한 웃음을 지었다.

"그럼 500만 원만 내. 경일이가 내 오토바이를 타다가 사고를 내는 바람에 부서졌거든."

경호가 경일을 바라봤지만 남자의 말이 사실인 듯 고개를 숙이고 아무 말도 하지 못했다.

"오토바이가 그 정도 가격은 아닐 텐데……."

"패밀리에서 공짜로 재워 줄 수는 없잖아. 오토바이 값을 갚을 때까지 숙식비도 포함된 가격이야."

경일은 남자의 오토바이 값을 갚기 위해 붙잡혀서 배달 일을 했던 것이다. 뭔가 불합리했지만 할 말이 없었다. 그때 예슬이 앙칼진 목소리를 냈다.

"경일이는 아직 오토바이 면허가 없을 텐데요."

"하하, 무면허 운전이지. 이 세계는 모두 그렇다고."

"경찰에 신고하겠어요."

예슬이 경찰 이야기를 하자 남자의 표정이 험악해졌다.

"오경일, 이리 와 봐."

남자가 부르자 경일은 바닥에서 벌떡 일어서더니 서둘러 그의 앞으로 갔다.

"네가 이야기해!"

경일은 침울한 표정으로 예슬에게 말했다.

"예슬아, 소용없어. 제발 돌아가."

"네 진심을 이야기해. 집으로 돌아가자."

그때 뒤에 있던 여학생이 다가왔다. 샛노랑 머리의 여학생은 이를 보이며 껌을 짝짝 소리나게 씹었다.

"가기 싫다고 하잖아, 이년아."

예슬은 여학생을 째려봤다.

"이년? 넌 몇 살이야?"

"이런 미친년을 봤나? 학교를 다녔다면 고등학교 1학년이다. 어쩔래?"

예슬과 여학생은 일촉즉발 위기 상태였다. 경호는 예슬 옆에서 안절부절못했다.

"욕하지 마! 그리고 오든 가든 경일이가 선택해야지."

"선택 같은 소리 하네. 퉤!"

여학생은 씹던 껌을 힘껏 뱉었다. 경호는 예슬의 얼굴로 날아가는 껌을 향해 잽싸게 손을 뻗어 막았다. 손은 더러워졌지만 다행히 예슬의 치욕을 막을 수 있었다. 그 모습을 본 예슬의 눈에서 불꽃이 튀었다.

짝!

예슬이 순식간에 여학생의 따귀를 때렸다. 그렇게 싸움이 시작되었다. 뺨을 맞은 여학생이 예슬의 머리채를 잡았고, 경호는 그 사이로 뛰어들었다. 영상은 대장 남자에게 달려들었다. 영상의 실력이 보통이 아님을 안 남자도 같이 복싱 자세를 취했고, 빨간 머리 남자도 참전하여 2 대 1의 싸움이 되었다. 빨간 머리는 집요하게 영상의 다리에 로우킥을 날렸다. 창훈이 남자에게 달려들었지만 초등학생 몸집의 창훈은 한 방에 나가 떨어졌다. 결국 영상도 두 남자에게 두들겨 맞는 상황이 되었다.

멀리서 경찰차 사이렌 소리가 들렸다. 대장이 소리쳤다.

"짭새다. 튀어!"

경일의 가출팸 일행은 오토바이 두 대에 나누어 탔다. 대장이 길바닥에 주저앉아 있는 삼총사에게 말했다.

"이 새끼 데리고 가려면 500만 원이야. 그리고 짭새한테 꼰지르면 알지?"

경일은 삼총사에게 고개를 설레설레 흔들어 보였다. 이런 치욕을 당하지 않으려면 다시는 오지 말라는 소리였다. 오토바이가 떠나자 예슬이 삼총사를 일으켜 세웠다.

"우리가 경찰을 만난다면 경일이가 곤란해질 테니. 우리도 빨리 어딘가 숨자."

다행히 골목마다 빌라가 다닥다닥 붙어 있는 동네는 미로 그 자체였다. 미로를 따라 언덕을 계속 올라갔다. 경찰차가 출동하긴 했지만 이런 일이 자주 있는지 주변을 한번 살펴보고는 다시 동네를 내려가 버렸다.

동네의 꼭대기로 올라가자 작은 공원이 나왔다. 넷은 나란히 벤치에 앉았다. 영상의 얼굴은 곳곳이 울긋불긋했고, 창훈은 눈이 잔뜩 부어올라 있었다. 경호는 고양이에게 긁힌 것처럼 눈 위로 삼선이 그려져 있었다. 다행히 예슬은 경호의 빠른 참전 덕에 겉으로 보이는 상처는 없었다.

"예슬아, 괜찮니? 어디 안 다쳤어?"

예슬은 머리를 손가락으로 긁어내렸다. 머리카락 수십 가닥이 뽑혀져 나왔다.

"머리만 조금 뽑혔어. 괜찮아."

모두 말이 없었다. 무슨 말을 해야 하지? 경호가 친구들의 얼굴을 보았다. 눈탱이가 밤탱이가 된 창훈은 너구리 같았다. 갑자기 웃음이 터졌다.

"하하하, 너구리."

나머지 셋은 생뚱맞게 웃는 경호를 이상한 눈으로 보았다.

"창훈이 얼굴 말이야, 너구리 같아. 하하하."

영상이 창훈의 얼굴을 보더니 같이 웃었다.

"크크크, 진짜 너구리네."

창훈이 안경을 닦아 쓰고 말했다.

"영상이 너는 얼굴에 단풍 심하게 들었어. 그리고 경호는 안대 쓴 궁에 같다."

그렇게 서로의 얼굴을 보며 한참을 웃었다. 유치한 소리를 하며 자지러지는 삼총사를 팔짱을 끼고 보고 있던 예슬의 얼굴에도 곧 옅은 미소가 떠올랐다.

"애들아, 그 꼴을 해 가지고 뭘 그렇게 웃고 있어? 가서 떡볶이나 먹자."

영상이 예슬에게 물었다.

"예슬이 네가 사는 거야?"

"그래. 오늘의 스트레스를 매운 떡볶이로 날려 버리자."

창훈이 일어서며 말했다.

"난 순한 맛으로."

경호도 일어서 옷에 묻은 흙을 툭툭 털었다.

"그래. 초딩 너구리는 순한 맛이지. 크크크."

"궁에 이놈. 그 입 다물라. 하하하."

삼총사와 예슬은 천천히 공원을 내려왔다. 경호가 저무는 해를 보며 말했다.

"경일이는 괜찮을까?"

영상이 허공에 섀도복싱을 했다.

"연습이 부족했어. 더욱 정진해야지."

예슬이 영상에게 말했다.

"폭력은 안 돼! 가능한 한 말이야."

창훈이 밤탱이가 된 눈을 만지며 말했다.

"악질들에게 실린 것 같아. 오토바이 값을 갚으려면 숙식을 해야 하고, 점점 빚은 늘어 갈 거야. 어른들에게 말해야 할까?"

예슬이 창훈의 질문에 대답했다.

"그건 최후의 방법으로 두자고. 집으로 돌아가서 찬찬히 방법을 생각해 보자."

5장

벽돌 투척 사건

기나긴 겨울 방학이 시작했다. 삼총사는 하루가 멀다 하고 만나 유튜브에 올릴 영상을 찍었다. 오늘도 추리 동영상을 업로드하고는 댓글을 살피고 있었다. 유튜브를 통해 알게 모르게 소식이 퍼지면서 이런저런 사건 의뢰가 들어왔다. 하지만 대부분 장난에 가까웠고 사건다운 사건은 없었다.

👤 과학 탐정 삼총사 도와주세요. 저희는 인천 문악동 C초등학교에 다니는 학생들입니다. 어젯밤 우리가 사는 빌라에서 고양이 밥을 주던 할머니가 벽돌에 맞아 입원했어요. 경찰이 와서 조사하는데 모든 주민들이 우리를 의심해요. 그때 우리가 빌라 옥상에서 놀고 있었거든요. 전에는 종이비행기를 몇 번 날렸고요. 그것을 본 주민들이 우리가 벽돌을 던진 것 아니냐고 경찰에 신고했어요. 저희는 정말 억울해요. 유튜버 과학 탐정님, 도와주세요.

창훈이 댓글을 보며 말했다.

"이건 진짜 같지 않냐? 문악동이면 여기서 30분 안에 갈 수 있을 것 같은데."

영상이 걱정스러운 표정을 지었다.

"경찰도 이미 조사를 시작한 사건 같은데 자칫 훈계를 듣는 선에서 끝나지 않을 수도 있어."

영상의 말에 창훈이 경호를 보며 물었다.

"경호 네 생각은 어때?"

"방학인데 이렇게 방에서 죽치고 있을 수만은 없지. 게다가 저 말이 사실이면 정말 억울한 상황이고. 일단 한번 가 보자."

그렇게 삼총사는 벽돌 투척 사건을 파헤치러 문악동으로 갔다. 약속대로 C초등학교 앞에 남학생 두 명이 있었다. 남학생들은 경록 홈스와 훈슈타인을 알아봤다.

"경록 홈스, 훈슈타인, 안녕하세요? 저희는 C초등학교 6학년 백승범, 김민재예요. 곧 졸업하고 중학생이 돼요."

경호는 학생들에게 자신들을 소개했다.

"그래, 반갑다. 우리 둘은 알 것 같고, 여기는 우리 채널 촬영과 편집을 맡은 록키전이야."

그렇게 자기소개와 인사를 나눈 후 다섯은 초등학교 안쪽 스탠드에 가서 앉았다. 대략적인 사건의 경위를 듣고는 경호가 의심나는 부분을 물었다.

"그러니까 너희는 절대로 벽돌을 던진 적이 없다는 거지?"

둘은 서로 마주 보더니 가슴에 손을 얹고 말했다.

"맹세할 수 있어요."

"그래, 그럼 옥상에서 종이비행기 말고 다른 것을 던진 적 있어?"

키기 조금 더 큰 승범이 대답했다.

"종이비행기 말고는 달걀이라고 해야 할까요?"

"달걀? 야, 이놈들아, 달걀을 던졌다면 범죄야."

"재미로 던진 것이 아니라 실험이었어요. 학교에서 달걀 낙하 대회가 열리거든요. 빨대만 이용해서 구조물을 만들고 거기에 달걀을 넣어 안 깨지게 하는 대회예요."

기다렸다는 듯 창훈이 나섰다.

"그래? 재미있는 대회구나. 달걀은 안 깨졌니?"

"계속 실패만 했죠."

"크큭, 그건 말이야. 무조건 만든다고 되는 것이 아니야. 운동량과 충격량을 알아야 해. 운동량 공식은……."

과학 강의를 시작하면 끝이 없는 창훈. 경호는 얼른 창훈의 말을 제지했다.

"창훈아, 그만. 지금은 사건 해결이 먼저니 과학 강의는 나중에 해 줘. 그래서 종이비행기뿐 아니라 달걀 구조물을 던진 것을 사람들이 봤구나. 그런데 달걀 구조물을 던지는 것도 안 돼. 절대로 하지 말라고!"

"그때 혼나고 나서는 안 했어요……."

둘은 작은 소리로 대답하고는 고개를 푹 숙였다.

"사람들이 의심할 만해. 너희가 옥상에서 여러 가지를 던졌잖아. 그러니까 벽돌도 던졌다고 의심하는 거야."

"맞아요. 그리고 옥상 한쪽에 빨간 벽돌이 쌓여 있어요. 할머니가 쓰러진 바로 옆에도 빨간 벽돌이 있었고요. 동네 사람들이 경찰에게 그렇게 말해서 경찰도 우리를 의심해요. 계속 자백하라고 압박하고 있어요."

뒤에서 듣던 영상이 물었다.

"할머니는 어쩌다가 그런 사고를 당한 거야?"

"할머니는 빌라 뒤 텃밭을 가꾸시고요. 사고 당시에는 길고양이 먹이를 주시다가 변을 당했다고 했어요."

경호가 삼총사를 돌아보며 상황극을 시작했다.

"어떤가? 제군들, 상황은 진퇴양난이지만 애들이 결백하다고 하니 조사를 시작해 볼까?"

창훈이 등에 멘 가방을 가리켰다. 가방 안에는 여러 가지 과학 실험 도구가 들어 있었다.

"나, 과학 박사 훈슈타인이 오랜만에 과학적 증명을 할 기회가 온 것 같습니다."

"좋다. 훈슈타인! 과학적 사고가 필요한 상황에서는 적극 실력을 발휘해라. 그럼 우리의 보디가드 록키전, 우리는 무엇을 먼저 시작해야 하지?"

"당근, 피해자인 할머니부터 만나 봐야 합니다. 무엇보다 피해자 입장에서 정확한 상황 파악이 필요합니다."

"맞다. 그럼 할머니가 입원해 있는 병원부터 가자."

삼총사와 의뢰인 승범, 민재는 병원으로 찾아갔다. 할머니와 가족의 분노를 사면 안 되니까 두 의뢰인은 밖에서 기다리기로 했다. 신중하고 믿음직한 영상이 보호자를 자청해 들어갔다. 겉늙은 모습을 이용할 셈이었다. 병실로 들어가자 침상 네 개가 보였다. 모두 할머니들이 누워 있었다. 영상이 병실로 한 발 들어갔다.

"실례합니다. 여기 김순례 할머니가 누구신지요?"

안쪽의 침상에서 한 아저씨가 일어섰다.

"여기인데……. 누구?"

영상은 성큼성큼 걸어 들어가 아저씨에게 인사했다.

"안녕하십니까? 할머니 아드님이신가 보네요. 걱정이 크시겠습니다."

"그런데. 누구시냐니까요?"

"아……, 저는…….”

영상은 말문이 막혔다. 창훈이 도와주려고 재빨리 병실로 들어가 영상을 불렀다.

"선생님."

영상도 말문이 막혔다. 영상과 창훈의 키 차이와 외모를 고려한다 하더라도 선생님은 오버가 아닐까? 하지만 아무렇게나 던진 창훈의 말이 통했다.

"아, 선생님이셨구나? 어떤 선생님이셔요?"

영상도 통했다 생각했는지 선생님 흉내를 내기로 했다. 영상은 창훈의 밤톨 같은 머리를 손으로 만지며 말했다.

"이놈들의 선생이죠."

"그런데 어떻게 찾아오셨나요. 설마 가해 학생들 선생?"

"네, 일단 할머님이 괜찮으신지 걱정이 돼서요."

아저씨는 가해자 선생님이라고 하니 화가 나는지 얼굴을 붉히며 말했다.

"그놈들이 와서 사죄를 해야지. 왜 선생님이 옵니까? 당장 나가세요!"

그때 뒤에서 피해자 김순례 할머니의 목소리가 들렸다.

"아범아. 선생님께 그러면 못쓴다."

아저씨는 뒤돌아 할머니에게 말했다.

"어머니. 그놈들은 어려서 처벌을 받지도 않는다고요. 어머니만 억울하게 된 거라고요."

"난 괜찮다. 이리 모셔라."

아저씨는 머리가 아픈지 양 엄지로 관자놀이를 눌렀다.

"으이그. 어머니는 너무 착해서 문제예요."

"내가 죽은 것도 아니고, 상처도 깊지 않으니 된 거 아니냐? 그나저나 아범아, 어젯밤부터 아무것도 못 먹었을 텐데 나가서 편하게 식사나 하고 와."

아저씨가 영상과 창훈을 돌아보자 둘은 과도하게 착한 표정으로 웃어 보였다.

"알겠어요. 그럼 어머님과 얘기하고 가세요."

아들이 나가자 경호도 합류했다.

"여기들 앉으세요."

침상 앞에 긴 의자가 있어 삼총사는 나란히 앉았다. 할머니는 왼쪽 귀 윗부분에 큰 거즈를 덧대고 그 위를 붕대로 감고 있었다. 영상이 누워 있는 할머니에게 말했다.

"할머니 괜찮으세요? 그놈들 장난꾸러기이긴 하지만 이렇게 큰 장난, 아니 사고를 칠지 몰랐네요."

할머니는 영상을 보며 힘없이 말했다.

"아이들이 자기가 벽돌을 던지지 않았다고 했다면서요."

"저도 물어봤더니 본인들은 종이비행기와 달걀 구조물만 던졌지 벽돌은 절대 던지지 않았다고 하더라고요."

"그럼 믿어야지요. 그 개구쟁이들은 빌라 뒤 공터에서 자주 만났는데 나와 같이 고양이 먹이도 주고 그랬지요. 개구쟁이지만 심성이 착한 아이들이니 그 말을 믿어야지요."

할머니의 심성이야말로 천사였다. 자신이 이렇게 다쳤는데도 아이들을 믿다니 삼총사는 할머니의 마음에 깊이 감동했다.

경호는 영상에게 눈짓을 보내 사건에 대해 물어보라고 했다. 영상은 고개를 한번 끄덕이고 말을 이었다.

"아이고, 그놈들도 이제 옥상 근처에는 가지도 않을 겁니다. 근데 할머님, 그때 상황이 어땠던 거예요? 당시 상황을 자세히 설명해 주시겠어요?"

할머니는 그때의 상황을 생각하는지 천장을 응시했다.

"그러니까 저녁이었지요. 겨울이라 해가 빨리 져서 주위가 어두워지기 시작할 때였어요. 아니, 벌써 어두워졌을 겁니다. 평소대로 고양이 밥을 주고 있었는데 머리에 큰 충격이 와서 기절했지 뭐예요. 일어나 보니 이렇게 병원이었어요."

"그때, 뭔가 평소와 다른 이상한 점은 없었나요?"

"음……. 평소와 같이 고양이 밥을 주는데 고양이들이 밥을 먹다가 갑자기 털을 세우면서 경계하는 소리를 내긴 했어요."

경호는 할머니의 말을 탐정처럼 수첩에 옮겨 적었다.

"평소와 다르게 털을 세우고, 경계음을 냈다……. 근데 할머니 어디를 어떻게 다치신 거예요?"

할머니는 자신의 왼쪽 귀 위를 만졌다.

"여기가 찢어져서 스무 바늘 꿰맸어요."

할머니의 상처에 의심이 가는지 창훈이 말했다.

"할머니. 뇌진탕은 없었어요?"

할머니는 고개를 좌우로 흔들었다.

"MRI를 찍어 봤는데 뇌진탕, 뇌출혈은 없었어요. 그냥 찢어진 상처만 있다고 해요. 선생님이라고 하셨죠?"

영상이 맞다고 대답하며 할머니의 손을 꼭 잡았다.

"그 아이들에게 할머니는 괜찮다고 전해 주시고, 내 대신 고양이들을 돌봐 달라고 하세요. 그 아이들은 내가 사료 두는 곳을 알고 있을 겁니다."

"고양이들이요?"

"우리 빌라 뒷산에 길고양이들이 많았는데 이제 대여섯 마리로 계속 수가 줄고 있어요."

"수가 줄다니 무슨 말입니까?"

할머니는 한숨을 푹 쉬더니 말했다.

"누군가 고양이를 죽이고 있어요."

"고양이를 죽인다고요?"

"빌라 뒷산에서 고양이 시체를 몇 번 봤어요."

"누가 고양이를 죽인다는 거예요? 아니 왜 고양이를 죽이는 거죠?"

"길고양이들이 점점 많아져 시끄럽기도 하고 음식물 쓰레기통을 뒤지기도 하거든요. 주민들이 고양이 밥을 그만 주라고 하지만, 고양이도 생명인데 먹고는 살아야 할 것 아니에요."

무언가 사건 냄새가 난다. 벽돌 투척 사건을 조사하러 왔다가 고양이 살해 사건을 맡게 되었다. 경호가 의욕적으로 일어섰다.

"할머니, 걱정 마시고요. 승범이와 민재 시켜서 고양이 밥을 주라고 할게요. 그리고 고양이 살인범, 아니 살묘범이라고 해야겠네요. 우리가 반드시 잡겠습니다."

할머니는 힘겹게 미소를 지으며 고개를 끄덕였다. 할머니를 뒤로하고 삼총사는 밖으로 나왔다. 아까 창훈의 눈치가 이상한 것을 느낀 경호가 물었다.

"창훈아, 너 아까 할머니 상처 이야기를 들었을 때, 눈빛이 반짝하고 빛나던데 뭔가 알아낸 거야?"

"정확한 계산을 해 봐야겠지만, 그냥 상식적으로 벽돌이 5층 빌라에서 떨어졌는데 뇌진탕이 일어나지 않았던 것이 이해가 가니? 그뿐만 아니라 상처는 왼쪽 귀 위였어. 하늘에서 떨어진 벽돌이 옆통수를 강타한다? 뭔가 이상하지 않아?"

"옆으로 빗겨 맞았을지도 모르잖아."

"맞아. 하지만 그냥 상식적으로 생각해 봤을 때, 옥상에서 던진 벽돌이 머리에 맞았다는 것도 아주 작은 확률인데 거기다 빗겨 맞는다? 우연에 우연이 겹쳤다고밖에 할 수 없어."

병원 밖으로 나오자 승범과 민재가 달려왔다.

"경록 홈스, 훈슈타인, 어떻게 되었어요?"

"너희, 할머니랑 같이 고양이 먹이도 주고 했다며?"

경호가 물었다.

"네."

"할머니가 너희에게 고양이를 부탁하셨어. 어서 가서 밥을 주자고. 할머니 걱정이 크셔."

그렇게 다섯은 빌라로 돌아왔다. 빌라는 산기슭에 모두 네 개의 동이 있었는데 사건의 장소는 1동이었다.

승범이 산기슭으로 달려가더니 작은 텐트만 한 임시 하우스에서 고양이 사료를 가져왔다. 아마 평소에 할머니가 알려 주었을 것이다. 그러더니 둘은 손을 모아 입가에 대고 능숙하게 고양이 소리를 냈다.

야옹! 야옹!

그렇게 몇 분간 고양이 소리를 내자 산에서 길고양이들이 나왔다. 삼총사와 둘은 고양이들이 편하게 먹이를 먹으라고 일부러 멀리 떨어져 있었다. 그동안 창훈은 연습장과 볼펜을 꺼내 그림을 그리듯 뭔가를 계산했다.

"얘들아. 잠시 여기 좀 봐 봐. 아무리 생각해도 옥상에서 벽돌이 떨어진 것 같지 않아. 일단 물리 계산을 통해서 벽돌의 힘을 구하고, 그게 불가능하다는 것을 증명해 보자고. 적벽돌은 2kg이고, 빌라의 높이는 1개 층이 2.5m라면 5층이니 12.5m야. 벽돌을 수평으로 던져도 수직 방향의 속도 변화와 같으므로 이렇게 공식에 대입하여 계산하면……."

$$2gh = v^2 \quad g : 중력가속도, \ h = 높이, \ v = 바닥\ 도달\ 속도$$
$$2 \times 9.8 \times 12.5 = v^2$$
$$v^2 = 245$$
$$v = \sqrt{245}$$
$$v = 15.65 \text{m/s}$$

"애들아, 바닥에 도달하는 벽돌의 속도는 무려 초속 15.65m야. 운동량과 충격량이 같다는 공식에 적용하면…… 그리고 벽돌이 할머니 머리에 충격을 가한 시간을 0.1초라고 하면……"

$$운동량 = 충격량$$
$$m : 질량, \ v = 바닥\ 도달\ 속도, \ F = 힘, \ t = 시간$$
$$2 \times 15.65 = F \times 0.1$$
$$F = 313N$$

"할머니는 머리에 313N(뉴턴)의 힘, 즉 32kg의 충격을 받은 거야. 할머니의 왜소한 체중을 고려하면 뇌진탕이 안 일어났을 리가 없어."

"그렇군. 그럼 어떻게 된 일이지?"

고양이들은 계속 크르렁거리며 사료를 먹고 있었다. 창훈은 어려운 계산을 끝내고도 고양이가 먹이를 먹는 모습을 유심히 관찰했다. 옥상과 고양이들을 번갈아 보더니 승범과 민재에게 물었다.

"애들아, 할머니는 늘 여기서 고양이들에게 먹이를 준 거지?"

"맞아요. 지금 고양이들이 밥 먹는 위치가 평소 위치예요."

"음……. 벽돌이 가하는 힘을 구할 필요도 없었군. 위치와 상처가 맞지 않아."

경호가 창훈을 보며 말했다.

"뭐가 맞지 않아? 계산이 필요 없다니?"

창훈이 빌라 꼭대기를 가리켰다.

"지금 위치에서 고양이에게 먹이를 준다면 할머니의 오른쪽 편에 빌라가 있잖아. 빌라 꼭대기에서 포물선을 그리면서 날아온 벽돌은 할머니의 오른쪽 옆통수를 때리게 되지."

"오! 창훈이 너 대단한 발견을 했어. 할머니 상처는 왼쪽인데 빌라의 위치상 왼쪽에 벽돌을 빗겨 맞을 수 없는 거야."

"그렇다면 어떻게 된 일일까? 혹시 누군가……."

그렇게 의견을 나누고 있을 때, 고양이들이 털을 세우면서 경계음을 냈다. 빌라 옆에서 한 남자가 고래고래 소리치며 올라왔다.

"이 새끼들아, 고양이 밥 주지 말라고 했지!"

후줄근한 파카를 입은 남자는 겨울인데도 슬리퍼 차림에 머리는 산발을 했고, 왼손에는 몽둥이를 들고 있었다. 남자의 위협에 고양이들은 산속으로 도망가고 아이들은 영상의 등 뒤에 숨었다. 승범이 작게 속삭였다.

"빌라 1층에 사는 백수 아저씨예요. 고양이 먹이 주는 것을 빌라 사람들 중에서도 특히 싫어해요."

남자는 영상의 앞에 멈춰 왼손에 든 몽둥이를 앞으로 내밀었다.

"너희는 뭐야?"

영상도 경계 태세를 갖추고는 말했다.

"어른이 애들을 몽둥이로 위협하면 어떡합니까?"

"뭐라고? 위협? 근데 넌 어른이야, 애야?"

영상의 캐릭터가 굳어지는 순간이었다. 누가 봐도 영상은 애늙은이였다. 경호와 창훈은 위험 상황에서도 웃음이 나왔다. 창훈이 영상 옆으로 섰다.

"우리는 과학 탐정입니다. 벽돌 투척 사건을 조사하러 왔죠."

남자는 창훈을 보더니 말했다.

"넌 뭐야? 저 초딩들이랑 같은 반이냐?"

"푸하하!"

경호와 영상의 웃음이 터졌다. 창훈의 밤톨 같은 머리에 작은 키라면 초등학생으로 오해하기에 충분했다. 창훈이 발끈했다.

"뭐욧! 이제 고등학생 올라간다고요. 아저씨는 뭐예요? 백수인가요?"

"뭣! 백수! 이 자식이! 난 백수가 아니라 집에서 추리소설을 쓰는 작가라고! 이 땅꼬마야."

"따, 땅꼬마!"

창훈이 바짝 약이 올라 소리쳤다. 영상이 다시 앞으로 나섰다.

"자자, 이제 그만하시고. 경호야, 창훈아. 벽돌 투척 사건에 대해 이제 더 이상 알아볼 것 없지?"

백수 아저씨가 승범과 민재를 가리키며 말했다.

"알아볼 것도 없어. 저놈들이 옥상에서 벽돌을 던진 거라고. 경찰도 동네 사람도 모두 그렇게 생각한다고."

"우린 아니라고욧! 아저씨도 그때 밖에 있었잖아요."

"이 초딩놈들, 너희가 매일 옥상에서 물건을 던지는 거 다 아는데 발뺌이야. 그 할망구 다쳤을 때, 너희 분명히 옥상에 있었잖아. 나는 산책만 한 거고."

둘은 대꾸가 없었다. 백수 아저씨는 기세가 살았는지 몽둥이로 고양이들이 도망간 산 쪽을 가리켰다.

"너희 고양이 밥 다시는 주지 마라. 할망구가 자꾸 고양이 밥을 주니까 수가 점점 늘어나는 거 아니야? 사람들이 도둑고양이 때문에 얼마나 피해 보는 줄 알아?"

경호가 아저씨에게 물었다.

"아저씨도 피해를 보셨나요?"

"내가 제일 피해자야. 난 1층에 살고 있는데 고양이 울음소리가 얼마나 스트레스를 주는지 알아? 난 작가라고. 고도의 정신 집중이 필요한데 고양이 울음소리 때문에 도저히 작품을 쓸 수 없다고."

"아, 그렇군요. 아저씨의 대표작이 있나요?"

"그러니까……, 지금 투고하고 있어. 나의 작품을 알아주는 출판사가 곧 나타날 거야."

아직도 화가 안 풀린 창훈이 작게 속삭였다.

"백수 맞구만."

"너, 이 자식! 다 들린다! 나의 작품 세계를 이해하는 사람을 못 만났을 뿐이라고."

"네네, 알겠습니다. 자, 경호야, 창훈아, 이제 우리는 가자. 승범이 민재 너희도 집으로 들어가라. 내일 만나자고."

"뭘 다시 만나? 다시는 오지 말라고."

삼총사는 집으로 돌아와 창훈네 집으로 모였다. 오늘의 사건 조사를 정리하기 위해서였다. 경호가 아까 창훈의 계산에 이어서 말했다.

"좋아. 충격의 크기와 상처의 크기도 다르고, 옥상에서 벽돌을 던졌다면 할머니 위치상 오른쪽에 상처를 입었어야 하는데 반대쪽인 왼쪽에 상처를 입었어. 아이들도 결백을 주장하고 있으니 할머니의 상처는 다른 무언가에 의해 입었다고 봐야 해."

경호는 어떤 가설이 떠올랐다. 영상을 보니 눈동자가 빠르게 돌아가는 것이 같은 생각을 하는 눈치였다.

"영상아, 어때? 충분히 가능성이 있지?"

영상은 고개를 끄덕였다.

"맞아. 누군가에 의해 고의로 상해를 당한 거야."

"좋아. 나랑 생각이 같군. 그 누군가가 누군지도 같을까?"

"백수 아저씨."

"빙고! 이유는?"

"백수 아저씨는 작가 지망생으로 아직도 등단하지 못하고 글을 쓰고 있지. 고양이 소리 때문에 스트레스를 받는다고 했으니 고양이 밥을 주는 할머니가 미웠을 거야."

창훈도 백수 아저씨 범인론에 동참했다.

"아저씨는 울음소리를 내는 고양이를 죽이면서 없앴는데 할머니가 계속 먹이를 주니까 번식을 해서 수가 줄지 않았던 거야. 때마침 아이들이 옥상에서 달걀 낙하 실험을 하니 잘됐다 싶어 범행을 저지르고 아이들에게 뒤집어씌운 거야. 아까 산책을 했다고 했으니 용의자로 충분해."

경호가 엄지를 들었다.

"좋아, 제군들. 그렇지만 증거가 있어야 할 것 아닌가?"

경호의 자신만만한 표정으로 보아 무언가 찾은 느낌이었다.

"경록 홈스 님, 무슨 증거를 찾았습니까?"

"하하, 아까 백수 아저씨가 몽둥이를 휘두르면서 왔는데 어느 손으로 잡고 있었는지 기억하는가?"

"탐정님. 추리를 들려주십시오."

"왼손이었다. 백수 아저씨는 왼손잡이라는 거지. 벽돌을 왼손으로 들고 할머니 뒤에 가서 머리를 쳤다면 어디에 상처가 나지?"

뒤에서 왼손으로 벽돌을 휘둘렀다면 할머니의 왼쪽 머리에 상처가 나게 된다. 실제 할머니 상처와 일치했다.

"헛! 대단합니다. 그리고 옥상에서 떨어뜨렸을 때보다 힘이 약하므로 뇌진탕이 일어나지 않고 찢기는 상처만 생긴 겁니다."

"증거는 더 있지. 할머니는 머리에 상처를 입을 당시 고양이들이 털을 세우고 경계음을 냈다고 했어. 할머니 뒤로 몰래 다가오는 백수 아저씨를 보고 경계했던 거야. 아까 고양이들이 먹이를 먹을 때도 같은 경계음을 냈었지. 고양이들은 백수 아저씨를 기억하는 거야."

창훈이 경호의 추리에 박수를 쳤다.

"역시 경록 홈스와 훈슈타인이구만. 할머니 살인 미수범을 찾았어. 거기다 고양이 살해범이기까지 한 이자를 어떡하지? 경찰에 신고해야 할까?"

"아니. 증거가 부족하다고 할지도 몰라. 그러니 우리가 확실히 자백을 받아 내고 경찰에 넘기자고."

"어떻게?"

"똑같은 상황을 만들고 함정을 파자고."

"좋아. 손을 모아라."

삼총사는 하이파이브를 했다.

다음 날 해가 지자 작전이 시작됐다. 먼저 창훈은 승범, 민재와 함께 고양이 밥을 주었다. 경호와 영상은 백수 아저씨가 살고 있는 빌라 1층 창가에 숨어 스마트폰으로 고양이 울음소리를 재생했다. 얼마 되지도 않았는데 백수 아저씨가 창문을 열고 말했다.

"이 지겨운 고양이 울음소리! 할망구가 없을 때, 모조리 죽여 버려야지. 그나저나 저 초딩놈들 또 고양이 먹이를 주고 있구만, 내 다시는 주지 못하도록 혼구녕을 내야지."

"영상아, 나온다. 작전 실행하자."

경호는 아이들과 있는 창훈에게 백수 아저씨가 나온다고 메시지를 보내고는 영상과 함께 빌라 뒤로 가는 길목에 숨었다. 경호와 영상은 빨랫줄을 양쪽에서 잡고 있었다. 백수 아저씨가 씩씩거리며 빌라 뒤로 올 때, 빨랫줄을 팽팽하게 당겼다. 백수 아저씨는 빨랫줄에 걸려 우당탕 넘어졌다.

"어이쿠. 이게 뭐야."

웃을 새도 없이 경호와 영상은 아이들이 고양이 밥을 주는 곳으로 뛰어갔다.

"너 이 새끼들 무슨 짓이야?"

경호와 영상의 움직임을 봤는지 백수 아저씨는 서둘러 일어서서는 몽둥이를 공중에 휘두르며 뛰어 올라왔다.

"으악!"

두 번째 함정은 길목에 무릎 높이까지 판 구덩이였다. 화가 나서 달려오던 백수 아저씨는 구덩이에 빠지면서 다시 넘어졌다.

"아이고, 나 죽네. 이 자식들이 사람 잡네."

경호가 바닥에서 무릎을 비비고 있는 백수 아저씨에게 말했다.

"당신은 벽돌로 사람 머리를 쳤으면서, 무릎 가지고 엄살이세요?"

"이 자식들. 진짜 죽여 버린다."

그때 사이렌 소리와 함께 경찰차가 도착했다. 창훈이 경호의 메시지를 받고 경찰에 신고한 것이다. 경찰차의 사이렌 소리에 빌라 사람들도 하나둘 나오더니 삼총사와 백수 아저씨를 둘러쌌다. 백수 아저씨도 경찰과 사람들을 보더니 옷매무새를 만졌다. 그러고는 씩씩대며 경찰들에게 다가갔다.

"아이고, 잘 오셨어요. 저놈들 누군지, 이렇게 사람을 다치게 했습니다. 어서 잡아가 주세요."

경호가 앞으로 나가 크게 소리쳤다.

"경찰님들, 그리고 빌라 주민 여러분, 엊그제 할머니가 다친 것은 아이들이 벽돌을 던진 것이 아니라 저 아저씨가 벽돌로 친 겁니다."

백수 아저씨가 제자리에서 펄쩍 뛰었다.

"뭣이라고? 이 자식이 생사람을 잡네."

"거짓말 마세요."

경호는 할머니 머리의 왼쪽에 난 상처가 옥상에서 던진 벽돌 때문일 수 없다는 점과 백수 아저씨가 왼손잡이인 것을 증거로 들었다. 경호의 말을 듣고 경찰도 동네 사람들도 의심의 눈초리로 백수 아저씨를 보았다.

"아니, 저놈이 무슨 소리를 하는 거야? 무고죄도 추가네. 경찰 아저씨 뭐 하세요. 빨리 저놈들을 잡아야지요."

하지만 경찰은 백수 아저씨 바람대로 삼총사를 잡지 않았다. 오히려 삼총사에게 다가와 친절하게 말했다.

"학생들, 더 할 말 있나?"

경호는 아까 창문에서 녹음했던 파일을 틀었다. 백수 아저씨가 고양이를 죽여 버린다고 을러대는 내용이었다.

"저 아저씨는 고양이를 무척 싫어해요. 아까 창문에서도 고양이를 모두 죽여 버린다고 했어요. 고양이 먹이를 계속 주던 할머니가 미웠을 겁니다. 그리고 할머니가 다칠 당시 밖에 있었으니 범인이 확실해요."

백수 아저씨는 당황했는지 목소리가 떨렸다.

"나, 난 아니야. 그, 그때는 산책 나왔어. 그래 다, 달 구경하면서 소설의 내용을 구상하고 있었단 말이야."

백수 아저씨의 말에 창훈이 하늘 이곳저곳을 살폈다. 그리고 무언가 깨달았는지 스마트폰을 켜고 검색했다.

"경찰관님!"

"그래. 왜 그러냐?"

"사람들은 왜 거짓말을 할까요?"

"다른 거짓말을 덮기 위해서겠지."

"맞아요. 저 추리 작가 아저씨는 다른 어떤 거짓을 숨기기 위해 거짓말을 하고 있답니다."

백수 아저씨가 발끈하며 말했다.

"뭔 소리야? 난 추리 작가도 맞고, 달구경도 맞아."

창훈이 하늘을 가리키며 말했다.

"아저씨가 이틀 전에 구경했던 달은 어디 있죠? 달 모양은 지금이나 이틀 전이나 비슷합니다. 하지만 별들이 저렇게 많이 보이는데 달은 어디 있죠?"

모든 사람이 하늘을 두리번거렸지만 달은 보이지 않았다.

"모, 몰라. 오늘은 안 떴나 보지."

"하하, 아저씨, 추리 소설 쓴다는 분이 과학을 너무 등한시했네요. 달은 말이죠, 과학이에요. 한 치의 오차도 없던 말입니다."

창훈은 자신의 스마트폰을 높이 들며 말했다.

"오늘은 음력으로 25일이에요. 사건이 있었던 이틀 전 23일은 하현달인데 달 모양이 D자가 180도 회전한 모양이에요. 지금 달이 보이지 않는 이유는 하현달은 밤 12시쯤 동쪽 하늘에서 떠오르기 때문이죠. 그저께 백수 아저씨가 산책을 하던 7시 30분쯤에도 달이 안 보였을 거에요. 아저씨는 거짓말을 한 겁니다."

"으으으, 그래, 거짓말을 했다손 쳐도 내가 할머니를 벽돌로 쳤다는 것까지는 증명이 안 돼."

그때 경찰이 박수를 치며 한걸음 나왔다.

"너희, 대단하구나. 우리가 생각지도 못한 증거들을 많이 찾았어. 왼손잡이와 상처 위치, 달의 위상으로 찾은 거짓말까지. 하지만 경찰도 바보는 아니야. 우리도 상처가 의심스러웠고, 목격자의 말에 따라 추리 작가 지망생인 이임구 씨를 조사했지."

백수 아저씨는 경찰이 자신을 조사했다는 말에 눈동자가 커졌다.

"일단 할머니 옆에 떨어져 있던 벽돌에는 아무런 지문도 발견되지 않았지. 아이들이 집어던졌다면 분명 어떤 지문이라도 나와야 하는데 나오지 않았어. 누군가 벽돌에서 지문을 깨끗이 닦았거나 애초에 남기지 않았던 거지. 그래서 우리는 이임구 씨가 버린 쓰레기 봉지 속에서 목장갑을 찾았는데 거기서 벽돌의 성분이 검출되었어."

경찰이 품속에서 무슨 종이를 꺼내 펼쳤다. 체포 영장과 수색 영장이었다.

"이임구 씨 현 시간부로 살인 미수로 긴급 체포합니다. 당신은 묵비권을 행사할 수 있으며……."

경찰이 수갑을 채운 이임구 씨를 일으켜 경찰차로 데리고 갔다. 또 한 경찰이 삼총사에게 다가왔다.

"너희 참 용감하구나! 잘했다."

경찰은 자신의 명함을 꺼내, 삼총사에게 하나씩 주었다. 강력계

형사 정태건이라고 써 있었다.

"오늘은 너희 스스로 해결했지만, 이런 일은 위험하니 경찰에게 맡기도록 해라. 오늘은 빚을 졌으니 담에 꼭 갚으마!"

경호는 멀어져 가는 정태건 형사의 뒤에 대고 소리쳤다.

"빚 꼭 갚으세요."

그는 뒤도 돌아보지 않고 손을 위로 들어 흔들었다.

6장

여기서도
탈출할 수 있을까?

화면에는 언제나처럼 셜록 홈스 모자를 쓴 경호와 흰색 가운을 걸친 창훈이 있었다. 둘은 하나, 둘, 셋을 외치고 시작했다.

　"하이, 헬로, 안녕? 과학 탐정 삼총사 TV에 오신 것을 환영합니다."

　"많이 기다리셨습니다. 저는 과학 탐정 경록 홈스입니다."

　"반갑습니다. 과학 박사 훈슈타인이에요. 사이언 키즈 친구들 많이 기다리셨나요? 촬영은 얼굴 없는 남자, 우리의 보디가드 록키전입니다."

　계속하라는 영상의 손짓을 확인한 창훈이 경호를 바라봤다.

　"경록 홈스 님, 오늘은 어떤 추리로 우리를 놀라게 해 주실 거죠?"

　"하하, 바로 사라진 흉기입니다."

　"사라진 흉기요?"

　"그렇습니다. 추리소설뿐만 아니라 실제 사건에서도 범행에 사용된 흉기는 중요한 증거 역할을 합니다. 하지만 흉기가 사라진다면 어떨까요?"

경호는 테이블에 올려놓았던 판넬을 들어 보였다. 사람이 쓰러져 있는 그림이었는데, 가슴이 빨간색으로 칠해져 있었다.

"경록 홈스 님, 이게 뭐죠?"

"일단 이 방을 밀실이라고 합시다. 밀실은 안에서 모든 잠금 장치가 닫혀 있는 상태입니다."

창훈이 경호의 설명을 들으며 과도하게 고개를 끄덕였다.

"이 사람은 밀실 안에서 죽은 채 발견되었습니다. 가슴엔 무언가 날카로운 것에 찔렸는지 상처가 있었고요. 상처에서 피가 많이 빠져나가 죽은 것입니다."

"그렇군요. 그런데 가슴을 찌른 흉기가 발견되지 않은 거군요?"

"맞습니다. 그리고 방은 밀실이었으므로 이 사람은 자살했다고 할 수 있습니다. 사이언 키즈 여러분, 댓글로 흉기를 맞혀 보세요."

이제 실시간 접속자는 100여 명에 이르렀다. 하지만 문제가 어려운지 답을 말하는 댓글은 별로 올라오지 않았다.

● 칼을 창문으로 버렸다.

● 탄지신공을 익힌 고수의 손가락!

● 10년간 기른 손톱

댓글을 확인한 경호가 크게 웃었다. 창훈이 경호를 보았다.

"경록 홈스, 왜 웃죠? 정답인가요?"

"아, 죄송합니다. 답을 무시해서가 아니라 정말 창의력이 뛰어나서 나온 감동의 웃음이라고 생각해 주세요. 하지만 정답은 아닙니다."

"경록 홈스, 힌트가 더 없습니까? 너무 어렵습니다."

"좋습니다. 어려워하니 힌트를 드리죠."

경호는 테이블 한쪽에 있던 생수통을 따서 판넬 위에 부었다.

"이 피해자의 옷이 물에 젖어 있었다는 겁니다. 훈슈타인이라면 충분히 맞힐 거라 생각되는군요."

창훈은 손가락을 튕겨 딱 소리를 냈다.

"아하! 알았어요. 흉기를 알아냈습니다."

"그래요, 훈슈나인, 흉기는 무엇인가요?"

"물입니다."

"훈슈타인, 장난치지 마시고, 제대로 설명해 주세요."

"물이 얼면 얼음이죠. 얼음을 꽝꽝 얼려서 뾰족하게 만드는 겁니다. 그리고 그것으로 자신의 가슴을 찔렀죠. 처음에는 얼음칼이 가슴에 박혀 있었겠지만 시간이 지나면서 얼음이 녹아 물이 되고 그 물에 의해 옷이 젖은 겁니다."

경호가 과도하게 박수를 쳤다.

"역시 과학 박사 훈슈타인이군요."

"하지만 저라면 그렇게 하지 않을 겁니다. 옷이 젖어 결국 들켰잖아요."

"그럼 다른 방법이 있나요?"

창훈은 옆의 스티로폼 통을 열더니 핀셋으로 하얀 얼음을 꺼냈다. 얼음은 하얀 연기를 뿜어냈다.

"그게 뭐죠?"

"드라이아이스."

"아이스크림 포장에 들어 있는 드라이아이스요?"

"맞습니다. 드라이아이스는 이산화탄소가 얼어 고체 상태가 된 것으로, 바로 기체인 이산화탄소로 변하는 승화성 물질입니다."

"헉! 그것으로 뾰족한 칼을 만든다면 흔적이 남지 않겠군요. 하지만 승화란 용어를 먼저 설명해 주시죠."

"알겠습니다. 물질은 보통 기체, 액체, 고체 세 가지 상태가 있습니다. 물은 액체 상태이죠? 이게 얼면 얼음이 되어 고체 상태가 되고, 끓이면 수증기가 되어 기체 상태가 됩니다."

창훈은 핀셋으로 드라이아이스 조각을 들어 다시 카메라 쪽으로 내밀었다.

"그런데 드라이아이스는 고체가 액체를 거치지 않고 바로 기체인 이산화탄소로 변합니다. 이를 승화라고 하죠."

"아, 그렇군요. 다른 상태 변화에도 이름이 있나요?"

"으흠. 참고로 설명하자면 다음과 같습니다."

창훈은 종이에 그림을 그리고는 손으로 들어 화면에 보였다.

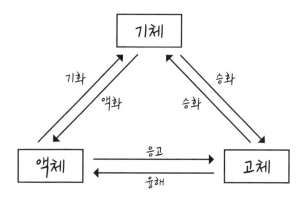

"기체가 액체가 되는 것은 액화, 반대는 기화입니다. 액체가 고체가 되는 것은 응고, 반대는 융해라고 하죠. 아까처럼 기체가 고체로 바로 변하는 것을 승화라고 합니다."

"그렇군요. 드라이아이스처럼 승화성 물질로 칼을 만들면 감쪽같이 사라지게 할 수 있겠군요."

"맞습니다. 과학을 연구하면 무엇이든 할 수 있죠. 당연히 진짜로 따라하시면 안 됩니다! 그건 아시죠? 범죄자보다 범죄자를 잡는 사람이 언제나 더 똑똑합니다. 우리처럼요."

"이 영상을 보시는 추리 소설 작가분들은 빨리 드라이아이스 살인 사건을 창작해 보시죠."

"많은 사이언 키즈께서 댓글을 올려 주고 계신데요. 몇 개 읽어 보겠습니다."

🔘 역시 과학 탐정 훈슈타인이네요. 얼음 칼에서 드라이아이스 칼을
생각하다니요.

"감사합니다. 여러분도 과학을 공부하고 적용하시면 과학 박사
가 될 거예요."

"아니, 본인 칭찬만 읽으시면 어떡하나요?"

"하하, 죄송. 사이언 키즈 여러분! 재미있으셨나요? 구독과 좋아
요 부탁드리고요. 저는 과학 박사 훈슈타인이었습니다."

"사건이 있다면 저희가 달려갑니다. 댓글로 제보를 해 주세요.
저는 탐정 경록 홈스, 촬영은 록키전이었습니다. 다음에 만나요."

"커트! 아주 좋아."

동영상을 편집해 유튜브 채널에 올리자마자 조회 수가 늘어나기
시작했다. 그때 이상한 댓글이 눈에 띄었다.

🔘 우리가 그 섬에서 탈출한 것처럼 여기서도 탈출할 수 있을까? 할
머니가 아프신데 갈 수가 없어.

창훈은 댓글을 보고 경호와 영상에게 말했다.

"그 섬이라니? 도대체 누구지?"

경호가 컴퓨터 화면의 글자를 손으로 가리켰다.

"여기 '우리'라는 말이 중요해."

"무슨 뜻이지?"

"우리는 글쓴이와 삼총사를 뜻하는 거야."

영상이 옆에서 거들었다.

"우리가 졸업 여행에서 탈출한 그 섬을 말하는 것 같아."

창훈도 알아챘는지 눈동자가 커졌다.

"경일이야! 우리에게 도움을 요청한 거라고. 가출팸에서 나오고 싶은 거야."

영상이 손가락으로 컴퓨터 화면을 가리켰다.

"그보다 여기 마지막이 더 걱정이야. 할머니가 아프시다잖아. 경일이는 할머니와 둘이 살고 있는데 말이야."

경호가 자리에서 벌떡 일어났다.

"빨리 구하러 가자."

"도대체 어떻게 구한다는 거야?"

경호는 가방을 뒤져 명함을 하나 꺼내 흔들었다. 저번에 벽돌 투척 사건을 해결했을 때 받았던 강력계 형사 정태건의 명함이었다.

"내 오늘 같은 날이 올 줄 알았지."

경호가 정태건 형사에게 전화해서 사정을 설명했다. 다행히 태건은 빚을 갚는다며 도와준다고 했다. 경일의 가출팸이 나가는 시간에 빌라 앞에서 만나기로 약속했다. 예슬과 같이 가면 또 큰 싸움에 휘말릴지 모르니 비밀로 하기로 했다.

빌라에 도착해 약속 시간이 되었는데 정태건 형사는 나타날 기미가 보이지 않았다. 경호가 스마트폰으로 시간을 확인하며 초조하게 말했다.

"형사 아저씨는 왜 오지 않는 거지? 이제 가출팸 패거리가 나올 때가 되었는데……."

영상이도 걱정이 되는지 연락을 재촉했다.

"일단 전화라도 해 봐. 어디까지 왔는지 말이야."

"그래야겠다."

경호가 스마트폰에 저장된 번호를 눌렀다. 다행히 금방 전화를 받았다.

"형사 아저씨, 어디세요?"

"그래. 가고 있는데 조금 늦어질 거야. 사건 때문에 출발이 늦어졌어."

"얼마나 늦는데요?"

"글쎄. 30분 정도는 늦어질 것 같은데."

"그럼 어떡하죠? 배달 일을 가 버릴 텐데요."

"대화를 하면서 시간을 끌어 볼 수 있겠니?"

"음……. 그쪽 대장이 대화를 하려나 모르겠네요. 아무튼 서둘러서 오세요. 시간을 끌어 보겠습니다."

경호의 어두운 표정과 대화 내용으로 미루어 영상과 창훈도 안 좋은 느낌을 받았다.

"패거리가 나오면 말로 시간을 끌어야겠어."

창훈이 팔짱을 끼고 말했다.

"그놈들이 말이 통할 놈들이야?"

"그럼 다시 싸움이라도 하자는 거야?"

"혹시 모르니 대비를 하자는 거지."

창훈이 메고 있던 가방을 바닥에 놓았다.

"혹시 몰라 싸움의 준비를 했다네."

"싸움 준비?"

창훈은 가방을 깊숙이 뒤져서 카메라 스트로보(플래시) 같은 물체를 꺼냈다.

"내 걸작 발명품, 태양권이라네."

"태양권?"

창훈이 영상을 보면서 말했다.

"발명품 설명은 이따가 하고, 영상이 너 저번에 그 대장이랑 일대일로 붙는다면 이길 수 있겠어?"

영상은 자신감 있는 표정으로 팔을 굽혀 이두박근을 선보였다.

"음. 그 대장도 학생 때 복싱을 한 것 같더라고. 막상막하겠지만 현역인 내가 한 수 위일 거야."

"그럼 그때처럼 빨간 머리가 옆에 붙는다면?"

영상의 표정이 일그러졌다.

"그 빨간 머리는 대장만큼 세지는 않지만 둘은 그런 식으로 많이 싸웠는지 콤비 플레이가 뛰어나. 대장은 복싱으로 상체를 공격하고, 빨간 머리는 다리를 집요하게 공격하지."

"나나 경호는 워낙 싸움을 못하니 둘이 덤벼도 빨간 머리를 감당하지 못할 거야. 그래서 이 발명품이 필요한 거지."

창훈은 자신의 발명품을 자신 있게 들어 보였다.

"이 발명품은, 아니지, 기존에 있는 것들을 합쳐 놓았으니 발명품이라고 하긴 그렇지만……. 스티브 잡스도 아이폰을 그렇게 탄생시켰으니 우수한 발명이라고 할 수 있겠어."

"스티브 창훈아, 급하니까 빨리 설명해 줄래?"

"오케이, 나는 카메라의 스트로보와 반사판을 글루건으로 붙였어. 스트로보에서 나오는 빛이 반사판에 모여 한 곳으로 집중될 수 있도록 고안했지. 그리고 $9V$(볼트) 전지 대신 $12V$ 전지를 연결하여 출력을 더 크게 했다네."

경호가 고개를 갸우뚱하며 의아해했다.

"싸움을 하는데 카메라 플래시를 어디에 쓰려고?"

"음……. 아무래도 경호 네게는 직접 시범을 보여야겠다."

창훈이 자신의 발명품을 높이 들었다. 경호는 자신도 모르게 창훈이 든 발명품을 올려다보았다. 그때 창훈이 크게 외쳤다.

"태양권!"

창훈이 버튼을 누르자 번개치듯 하얀색 빛이 번쩍했다. 그 강렬한 빛이 멍하니 보고 있던 경호의 눈을 때렸다.

"으악! 이게 뭐야? 앞이 안 보여!"

창훈은 아랑곳하지 않고 자신의 스마트폰에서 스톱워치를 켰다.

"나의 강력한 태양권 맛이 어때? 강한 광도가 네 각막을 지나 망막의 시신경을 강하게 자극했다네. 하지만 걱정 마, 시간이 지나면 시력이 돌아올 거야."

3분 정도가 지나자 경호는 다시 멀쩡히 앞을 볼 수 있었다.

"깜짝 놀랐잖아. 그런 걸 하려면 미리 이야기해 줬어야지?"

"이 태양권은 기습이 중요하다네. 지금 시간을 재 보니 3분 정도인데. 영상아, 3분이면 대장을 이길 수 있겠어?"

영상이 고개를 끄덕였다.

"태양권이라……. 좋은 작전이야. 나도 최선을 다해 볼게."

경호는 아직 눈이 먹먹한지 손으로 비볐다.

"그건 그렇다 쳐도 여자는 어떡할 거야? 저번에 보니까 성격이 보통이 아니야. 예슬이보다 더한 것 같던데."

창훈은 다 방법이 있다는 듯 다시 가방 속에서 도시락통을 꺼냈다.

"여자한테는 똥귀신 작전을 쓴다."

"똥귀신 작전?"

창훈은 조심히 도시락을 열었다.
그때 지독한 냄새가 코를 찔렀다.
경호는 재빨리 손으로 코를 막았다.

"뭐야! 똥이야? 아무리 싸움이라

도 똥을 가져오면 어떡해?"

"작전에선 똥을 무서워하면 안 돼. 그리고 이건 똥이 아니야."

"똥이 아니라고?"

"그래. 똥 냄새는 암모니아와 황 화합물의 냄새일 뿐이야. 이건 밀가루 반죽에 고동색 물감을 섞어 외형을 만들었고, 냄새를 내기 위해 암모니아와 달걀노른자를 발효해 섞은 거야. 달걀노른자에는 황 원소가 많이 포함되어 있어서 구린 냄새를 유발하지. 어때, 진짜 똥 같지?"

경호는 아직도 의심스러운지 가까이 오려고 하지 않았다. 창훈은 고개를 절레절레 흔들었다.

"할 수 없지. 그럼 만약 싸움이 시작된다면 경호 네가 태양권을 빨간 머리 남자에게 사용해. 연기를 잘해야 할 거야. 태양권이 발동되면 영상이 대장을 처치하고, 난 두 손에 이 가짜 똥을 들고 여자한테 달려들게. 아마 질색하고 도망갈 거야. 그럼 3 대 3으로 딱 맞지?"

영상과 경호가 고개를 끄덕였다. 그때 마침 지하에서 가출팬 패거리가 올라오고 있었다.

"저기 패거리가 올라온다. 먼저 경호 네가 대화를 시도해 봐."

경호는 옷매무새를 고치고 앞으로 나가 손을 흔들었다.

"경일아. 우리가 왔다."

경일은 대장의 눈치를 보면서도 삼총사에게 반가운 눈빛을 보냈다. 하지만 대장은 호전적으로 삼총사에게 다가왔다.

"뭐야? 너희 돈 가지고 왔어?"

"아니. 돈보다 대화를 하려고 왔어요."

"대화는 필요 없어. 경일이를 데리고 가려면 500만 원을 내."

"돈은 나중에 줄게요. 일단 경일이를 보내 주세요. 경일이 할머니께서 아프시단 말이에요."

대장은 무서운 눈으로 경일을 째려봤다.

"경일이 너! 언제는 어른들이고 친구들이고 다 필요 없다면서 우리에게 왔잖아!"

경일은 쭈뼛거리며 기어드는 목소리로 말했다.

"그때랑 지금이랑은 달라요."

"이 새끼가! 재워 달라고 매달릴 때는 언제고!"

경호가 대장에게 다가갔다.

"진정하세요. 자유대한민국에서는 개인이 어디에 있든 그건 자유라고요."

대장은 화가 났는지 오토바이 헬멧을 바닥에 내리꽂았다.

"이 자식들이 죽고 싶나! 그러니까 500만 원을 갚으라고."

대장은 성격이 급했다. 대화는 오래 지속되기 어려울 것이다. 경호는 뒤를 돌아 영상과 창훈에게 싸움 준비를 하라고 눈빛을 보냈다. 그리고는 다시 대장을 설득했다.

"지, 진정하세요. 돈은 갚는다니까요. 일단 할머니 걱정하는 경일이를 집에 보내 주시면 나중에 갚을게요."

"헛소리! 너희는 어서 꺼져. 우리는 일을 하러 가야 하니까. 오경일 너 돈 갚을 때까지 딴생각하지 마라."

대장은 경일의 뒷목을 손으로 우악스럽게 잡고, 빌라 입구 오토바이 쪽으로 끌고 갔다. 경일은 삼총사에게 불안한 눈빛을 보낼 뿐 더 이상 반항할 수 없다는 듯 체념했다. 대장은 화가 가라앉지 않는지 경일의 뒤통수를 세차게 후려쳤다.

픽!

"너 이 새끼 딴생각하지 말라고 했지! 넌 이제 영원히 우리 패밀리의 밥줄이 될 줄 알아."

이제 말은 소용없다. 창훈의 작전이 잘 통하길 바랄 뿐이다. 경호가 작전을 개시하기 위해 돌아보는 순간 영상이 튀어 나갔다. 영상도 화가 났는지 얼굴이 시뻘겋게 달아올라 있었다. 뛰쳐나가는 영상을 보고 창훈이 서둘러 발명품을 경호에게 건넸다.

"경호야. 태양권은 한 번뿐이야. 잘 사용해야 해."

창훈이 말을 마치고 가짜 똥을 양손에 들고 비볐다.

영상이 경일을 잡고 있던 대장의 팔을 뿌리치고 경일을 구해 냈다.

"그만둬. 경일이는 우리 친구야!"

"이 새끼들이 단체로 죽고 싶나."

대장도 어이가 없는지 영상에게 바로 주먹을 뻗었다. 영상은 경일을 저 멀리 밀어 넘어뜨리고는 재빨리 복싱 자세를 취했다. 그러고는 날아오는 대장의 주먹을 위빙으로 피했다. 영상은 급한 방어를 마치고 잽과 스트레이트를 뻗으며 공격하여 거리를 좁혀 갔다.

대장도 놀랐는지 팔로 방어하며 뒤에 서 있던 빨간 머리에게 도움을 구하는 눈빛을 보냈다. 이런 싸움이 익숙한지 빨간 머리는 바로 뛰어왔다. 경호가 나설 차례인 것이다.

경호가 대뜸 소리쳤다.

"야! 똘마니!"

합류하려던 빨간 머리가 어이없다는 표정으로 경호를 보았다.

"지금 나한테 그랬냐?"

"그래, 여기 똘마니가 너 말고 또 있냐?"

빨간 머리는 똘마니라 불려 화가 났는지 목을 좌우로 꺾으며 다가왔다. 목을 꺾을 때, 우두둑우두둑 소리가 났다.

"너, 다시 말해 봐. 똘마니?"

경호는 창훈의 발명품을 높이 들었다.

"그래, 똘마니야. 이게 널 혼내 줄 거다."

"그게 뭐든 넌 죽었어!"

빨간 머리가 카메라 스트로보를 보는 순간 경호는 버튼을 눌렀다.

"태양권!"

번쩍!

"으악, 내 눈!"

빨간 머리는 눈을 두 손으로 감싸더니 이내 욕설을 하면서 허공에 주먹을 휘두르기 시작했다. 경호도 아까 실험할 때 앞이 안 보이

는 느낌을 받았었다. 아마 공포심이 극에 달했을 것이다. 영상과 대장 남자도 이쪽을 보았다. 영상이 서둘러 공격을 가했지만, 대장도 자신이 불리한 것을 알고 슬슬 뒷걸음치며 방어했다.

다음은 노란 머리 여자 차례였다. 노란 머리도 오토바이 옆 화단에 있는 몽둥이를 들고 공격하려 했다.

"이런 미친놈들."

창훈이 노란 머리 뒤로 다가가서 음산하게 말했다.

"잠깐! 진짜 미친 게 뭔지 알아?"

노랑머리가 뒤를 돌아보았다. 냄새를 맡았는지 인상을 찌푸리면서 코를 막았다.

"뭐, 뭐야?"

"뭐긴 뭐야. 미친놈이지."

창훈은 가짜 똥 범벅인 손을 앞으로 뻗었다.

"히히히, 나는야 똥 귀신이다."

"우웩!"

여자는 몽둥이를 바닥에 내팽개치더니 빌라 안으로 도망쳤다. 창훈의 작전이 성공하는 듯 보였지만 오산이 있었다. 패거리 대장은 싸움으로 잔뼈가 굵어서 그런지 곧 영상과 대등해졌다. 빨간 머리 남자의 눈이 돌아오면 삼총사는 순식간에 불리해질 것이다. 아니나 다를까 빨간 머리는 눈이 보이기 시작하는지 주변을 두리번거리며 상황을 파악하고 있었다. 경호는 다시 창훈의 발명품을 앞으로 뻗으며 남자에게 달려갔다.

"태양권!"

빨간 머리도 대뇌가 있는지 두 손을 겹쳐서 카메라 스트로보에서 나오는 빛을 막았다.

"한 번 속지, 두 번 속냐?"

태양권 방어에 성공한 남자는 발차기로 창훈의 발명품을 박살내고는 다시 발차기하여 경호의 복부를 가격했다. 경호는 숨이 턱 막혀 제자리에 주저앉았다. 이를 본 창훈이 손을 내밀면서 달려갔다.

"나는 똥 귀신이닷! 받아랏!"

빨간 머리는 몸을 비틀어 창훈의 똥 공격을 피하더니 마찬가지로 창훈의 옆구리를 발로 찼다. 몸집이 작은 창훈은 억 소리를 내며 나뒹굴었다. 이놈의 형사 아저씨는 도대체 언제 온다는 거야? 패배다. 경일을 구하기는 틀렸다. 대장 남자가 이쪽 상황을 보더니 소리쳤다.

"뭐 해! 빨리 이리 와서 도와줘."

빨간 머리가 영상에게 달려갔지만, 창훈과 경호는 배가 아파 움직일 수가 없었다. 달려간 빨간 머리는 영상의 다리에 로우킥을 날렸다. 영상은 순식간에 열세로 몰렸다. 공격은커녕 방어하는 것만도 힘들었다. 그렇게 영상에게 슬슬 데미지가 쌓이기 시작했다. 대장은 승기를 잡은 것을 알고는 말했다.

"이 새끼들이 어디서 까불어. 이제 진짜 죽을 줄 알아."

그때였다. 그림자가 다가오더니 대장에게 날라차기를 가했다. 그림자의 정체는 경일이었다.

"내 친구들을 괴롭히는 건 그만둬!"

"뭐야, 드디어 너도 미친 거냐?"

빨간 머리가 경일에게 달려들었다. 빨간 머리는 경일을 얕봤지만 경일도 한때는 날리는 양아치였다. 대장한테는 안 될지 모르지만 빨간 머리와는 막상막하였다.

영상과 패거리 대장의 일대일 싸움에서 드디어 대장이 나가떨어졌다. 경일도 곧 빨간 머리를 때려눕혔다. 패배가 분명한데 대장이

흐흐 웃었다.

"내가 너희를 너무 얕잡아 봤어."

그러더니 안주머니에서 단도를 꺼냈다. 영상과 경일은 슬슬 뒷걸음쳤다.

"진짜로 죽여 버리겠어."

대장이 달려드는 순간, 어디선가 고함 소리가 들렸다.

"어이, 뭐야! 그만둬!"

정태건 형사였다.

"아저씨는 뭐예요? 다치기 싫으면 가던 길 가세요."

태건은 주머니에서 경찰 배지를 꺼내 들었다.

"강력계 형사 정태건이다. 삼총사의 부탁으로 경일이를 데리러 왔다."

경찰 배지에도 가출팸 대장은 주눅 들지 않았다. 오히려 칼을 흔들거리며 형사에게 다가왔다.

"아저씨 진짜 경찰이에요? 요즘 하도 가짜가 많아서."

태건은 재빨리 뒤돌려차기로 대장이 들고 있던 칼을 쳐냈다. 그리고 가죽 상의 지퍼를 내리고 품에서 권총을 보였다. 그제서야 대장의 눈빛이 수그러들었다.

"경일이를 놔줘."

"하지만 쟤는 빚이 있단 말이에요. 내 오토바이 값을 물어줘야 한단 말이에요."

"그게 얼마지?"

대장의 목소리가 기어들어 갔다.

"500만 원이요."

태건은 눈을 가늘게 뜨고 대장을 지그시 바라보았다.

"거짓말하면 못 쓴다. 난 살인범과 조폭을 상대한다고. 네 눈은 거짓말을 하고 있어."

"그, 그래요. 60만 원이에요."

그때 경일이 가슴에서 봉투를 꺼냈다.

"이번 배달 월급을 받았어요. 60만 원이에요."

태건은 경일이 꺼낸 봉투를 받았다. 그러고는 대장에게 줄 듯 말 듯 내밀었다.

"너는 성인이지?"

"그래요. 올해 스무 살이 됐습니다."

"잘 들어라. 성인인 너는 중학교 3학년을 데리고 무면허로 배달 일을 시켰어. 그것이 바로 미성년자 유인, 약취라는 죄다. 그리고 칼을 휘둘렀기 때문에 살인미수도 가능하지. 지금 당장이라도 수 갑을 채울 수 있지만, 이번에 그냥 넘어가 줄 테니 이 돈 받고 다시 는 이러지 말아라. 알았냐?"

가출팸 대장은 인상을 찌푸리면서도 봉투를 받았다. 그리고 어 쩔 수 없다는 듯이 경일을 바라봤다.

"잘 가라. 오경일. 하지만 말이야. 한번 가출한 놈은 다시 가출하 게 되어 있어. 넌 반드시 우리 팸으로 돌아올 거야."

경일은 이번에는 단단히 마음을 먹었는지 단호하게 대답했다.

"아니오. 다시는 돌아오지 않을 거예요. 내가 있을 곳은 우리 집, 우리 학교, 친구들 곁이라고요."

에필로그

모험은 계속된다

거울 방학이 끝나고 드디어 졸업식 날이 왔다. 매일 단체 조회 시간에는 조용히 하라는 선생님 말도 무시하고 떠들었지만, 오늘은 떠드는 학생이 없었다. 모두 마지막 학교 행사라서 감상에 젖은 듯했다. 강단에서 사회를 보는 선생님이 말했다.

"다음은 표창장 수여가 있겠습니다. 3학년 6반 민경호, 전영상, 정창훈 앞으로 나오세요."

삼총사는 강단 위로 올라가, 근엄한 표정을 짓고 있는 교장 선생님에게 인사했다. 교장 선생님은 상장을 펼쳐 들고 크게 읽어 내려갔다.

"표창장, 3학년 6반 민경호, 전영상, 정창훈. 위 학생들은 용감한 봉사 정신으로 경찰 임무에 도움을 주고, 인명 구조에 큰 역할을 했기에 이에 표창합니다. 경찰청장 배석구."

삼총사는 벽돌 투척 사건에 큰 공로를 세워 이 상을 받게 되었

다. 삼총사가 내려가자 사회자 선생님은 계속 말했다.

"다음은 공로상입니다. 학교의 이름을 크게 알린 오경일 앞으로 나오세요."

교복을 반듯하게 입은 오경일이 단상 위에 올랐다.

"공로상 3학년 6반 오경일. 위 학생은 활발한 문화 활동으로 학교의 명예를 드높였기에 공로상을 수여합니다. 교장 조명휘."

가출팸에서 탈출한 뒤, 경일은 삼총사를 따라 유튜버가 되기로 했다. 자신이 그동안 저질렀던 잘못을 낱낱이 밝히고 용서를 빌며 노래를 불렀다. 처음 반응은 싸늘했지만 경일이한테 폭력을 당했던 피해 학생이 경일이가 자신을 찾아와 진심으로 사죄했다는 이야기를 SNS에 쓰고 그것이 널리 퍼지면서 사람들은 경일의 뉘우침을 받아들였다. 그리고 경일의 노래 솜씨에 감탄하여 구독자는 10만 명에 이르게 되었고, 노래 동영상 조회 수는 50만 건을 넘겼다. 경일은 지금도 피해 학생에게 사죄하는 한편, 학교 폭력을 막자는 작은 캠페인을 하고 있다.

삼총사는 상을 받는 경일을 흐뭇하게 바라보았다. 박수를 열렬히 치긴 했지만 창훈의 입에서는 불만의 목소리가 흘러나왔다.

"도대체 노래가 뭐라고, 구독자가 10만이냐. 우리 과학 탐정 삼총사 TV는 이제 겨우 3,000명인데."

영상이 창훈에게 어깨동무를 했다.

"창훈아, 경일이가 자기 채널에서 우리 과학 탐정 삼총사 TV도

홍보해 주잖아. 얼마나 고맙냐?"

경호가 영상과 창훈을 돌아보았다.

"아무튼 훈슈타인, 록키전! 우리 고등학교 가서도 계속 열심히 하자고. 우리도 언젠가는 10만, 100만이 되겠지."

경일이 내려오자 사회자 선생님이 계속 말했다.

"마지막으로 졸업장 수여가 있겠습니다. 졸업장을 받는 학생 대표는 전교에서 가장 우수한 성적으로 졸업하고 과학고를 합격한 송예슬 학생입니다. 앞으로 나오세요."

"졸업장. 3학년 6반 송예슬 위 학생은 3개년간 성실히 학업에 임하였으므로 이 졸업장을 수여합니다."

삼총사는 열심히 박수를 쳤다. 특히 경호는 손바닥에 불이 붙을 듯했다.

졸업식이 끝나고 3학년 6반 학생들은 담임 선생님 곁으로 모였다. 담임 선생님은 평소와 다르게 얼굴이 굳어 있었다.

"이제 각자 일반고로, 전문고로, 체육고로, 과학고로 진학해서 공부할 텐데, 힘들 때마다 졸업 여행에서 우리가 경험했던 섬 생활을 생각하자. 그럼 어떤 힘든 일도 해낼 수 있을 거야. 아무리 끝이 안 보이는 터널도 반드시 탈출할 구멍이 있다고, 그렇게 생각하자. 보고 싶을 거다."

어디선가 훌쩍이는 소리가 들렸다. 경호는 애써 밝은 표정으로 선생님에게 말했다.

"선생님, 이제 우리 안 보니 시원하시죠?"

"그래, 특히 삼총사 너희를 안 보니 제일 속 시원하다."

"선생님, 3학년 올라오는 학생들이 저희보다 더 심한 거 모르세요?"

"하하, 아무렴 너희보다 심할까? 마지막으로 악수나 하자."

선생님은 학생들 한 명 한 명과 악수하고는 기념사진을 찍었다. 그 와중에도 창훈은 스마트폰을 들여다보고 있었다.

"창훈아, 뭐 해? 우리 삼총사도 기념사진 찍어야지?"

창훈이 자신의 스마트폰을 내밀었다.

"경록 홈스, 사건이 접수되었습니다."

🙂 과학 탐정 삼총사, 저는 전북 군산의 D초등학교 학생이에요. 여긴 바닷가 마을인데 썰물 때 북쪽 절벽에 해식동굴이 나타납니다. 어른들 말에 따르면 거기 보물이 숨겨져 있다는 전설이 있대요. 과학 탐정 삼총사가 보물찾기에 도움을 주세요.

"으잉? 보물찾기?"

"어때? 어느 마을에나 있는 전설이지만 전설이 그냥 만들어지지는 않았을 거야. 한번 내려가 볼까?"

어느새 다가온 영상이 댓글을 읽어 내려갔다.

"이제 고등학교 입학식까지 시간도 많은데 가 보자."

"집에다가는 삼총사 우정 여행을 간다고 하지, 뭐."

그때 경일도 삼총사에게 달려왔다.

"나를 빼면 섭하지. 나도 껴 줘."

예슬도 어느새 다가와 있었다.

"너희 나 빼고 또 무슨 작당을 하는 거야?"

경호가 내용을 설명하자 모두 같이 가고 싶다고 했다.

"좋아. 손을 내밀어라."

경호의 손에 친구들의 손이 하나씩 차례차례 올라갔다.

"그럼 삼총사와 친구들 출동이다. 하나, 둘, 셋!"

과학을 배워서
어디에 쓰지?

학생들이 제게 자주 "과학 배워서 뭐 해요?"라고 묻곤 합니다. 그 마음을 잘 알고 있지요. 저도 학교 다닐 때는 같은 마음이었으니까요. 이 질문은 과학을 어려운 학문이라고 생각하는 데에서 나온 것입니다. 물론 '역학적 에너지 보존 법칙', '달의 위상 변화', '물질의 상태 변화', '빛의 굴절'……, 이런 용어를 들으면 어렵다고 느낄 수 있습니다. 하지만 과학 원리는 우리 생활 곳곳에 있고, 삶을 편리하게 만드는 많은 기술을 만들어 냈지요. 아침에 눈을 뜨자마자 확인하는 핸드폰 속 여러 기술은 물론이고 이 책을 인쇄하는 기술, 온라인 수업을 하면서 실시간으로 소통하는 기술도 모두 과학 원리를 바탕으로 만들어진 것입니다. 과학을 어렵게만 생각하지 말고, 이야기를 통해 쉽고 재미있게 접하다 보면 여러분도 과학에 더 흥미를 가질 수 있을 거예요.

저는 여러분이 이 책에 나오는 과학 탐정 삼총사의 창훈이, 훈슈타인처럼 과학을 만났으면 좋겠어요. 창훈이는 빛의 삼원색을 이용해서 가면을 바꿔 쓰듯이 얼굴을 바꾸는 방법을 떠올립니다. 움직도르래를 이용해서 작은 힘으로 큰 힘이 필요한 일을 해내지요. 또 달의 위상을 이용하여 범인의 거짓말을 간파했고요. 창훈이는 생활 속에서 과학을 찾아내고, 과학 원리를 이용해서 문제를 해결했어요.

과학 교사인 제가 과학 공부 재미있게 하는 팁을 알려드릴게요. 우리 생활 곳곳에는 과학 원리가 들어 있어요. 여러분도 창훈이처럼 과학 원리를 찾아내고, 적용하고 되뇌는 걸 습관으로 가져 보세요. 과학적으로 생각하는 힘이 자연스럽게 길러질 거예요.

예를 들면, 음식을 먹을 때는 "음, 이제 위에서 펩신이 분비되어 단백질 소화가 일어나겠네." 하고 생각하는 거예요. 보름달을 볼 때는 "보름달이 떴네. 14일이 지나면 새벽에 그믐달을 볼 수 있겠구나."라고 말해 보세요. 그러면 여러분 머릿속에 있던 과학 원리가 생생하게 살아날 거예요. 사람들이 이상하게 여길 거라고요? 그러면 뭐 어때요? 좀 이상하지만 과학적인 사고력과 창의력이 쑥쑥 자라는 사람이 되는 거죠.

　이 책을 읽은 독자들 가운데 과학을 신나게 즐기는 과학 탐정들이 많아지기를 기대하겠습니다.

　　　　　　　　　　　　　　　　　　지은이 윤자영

수상한 유튜버 과학 탐정

초판 1쇄   2021년 3월 23일
초판 2쇄   2021년 11월 15일

지은이   윤자영
그린이   이경석

책임편집   심상진
교정교열   양선화
마케팅   강백산, 강지연
디자인   이정화

펴낸이   이재일
펴낸곳   토토북
주소   04034 서울시 마포구 양화로11길 18, 3층 (서교동, 원오빌딩)
전화   02-332-6255
팩스   02-332-6286
홈페이지   www.totobook.com
전자우편   totobooks@hanmail.net
출판등록   2002년 5월 30일 제10-2394호
ISBN   978-89-6496-441-5 43810

© 윤자영, 이경석 2021
 · 잘못된 책은 바꾸어 드립니다.
 · '탐'은 토토북의 청소년 출판 전문 브랜드입니다.
 · 이 책의 사용 연령은 14세 이상입니다.